民國詞選注

李劍亮 李寒晴 注

浙江古籍出版社

图书在版编目（CIP）数据

民国词选注 / 李剑亮,李寒晴注. —杭州:浙江
古籍出版社,2023.7
ISBN 978-7-5540-2660-1

Ⅰ.①民… Ⅱ.①李…②李… Ⅲ.①词（文学）–注
释–中国–民国 Ⅳ.①I222.86

中国版本图书馆 CIP 数据核字（2023）第 128340 号

民国词选注

李剑亮　　李寒晴　注

出版发行	浙江古籍出版社
	（杭州市体育场路 347 号　邮编:310006）
网　　址	https://zjgj.zjcbcm.com
责任编辑	周　密
封面设计	吴思璐
责任校对	吴颖胤
责任印务	楼浩凯
照　　排	浙江大千时代文化传媒有限公司
印　　刷	浙江全能工艺美术印刷有限公司
开　　本	850mm×1168mm　1/32
印　　张	9.75
字　　数	254 千
版　　次	2023 年 7 月第 1 版
印　　次	2023 年 7 月第 1 次印刷
书　　号	ISBN 978-7-5540-2660-1
定　　价	58.00 元

如发现印装质量问题,影响阅读,请与市场营销部联系调换。

前　言

读词当以唐宋词为源头。顺流而下,视野所及,则又有民国词在焉。民国词作为词史发展的组成部分,虽与唐宋词相隔千年,但其形其神仍是一脉相承。故读罢唐宋读民国,日渐成为读词者的一种选项。

一

在大量阅读民国词人作品的基础上,我们编选了这本《民国词选注》。一方面是想记录我们阅读民国词的经历,点评一下那些曾经吸引和感动我们的作品,并将其分享给读者。另一方面是想以此来展示词史的一段历程。词作为一种颇具艺术生命力的文体,自晚唐五代兴起以后,历经两宋,走向繁盛,光彩夺目,止于至善。然后一路风雨,行至晚清民国,依然精彩纷呈,犹如雨后天边的一道彩虹。

回首与检视群星璀璨的唐宋词史,学者们采用的一种方式便是以选本来触摸与感悟其中的名篇佳作。举其要者,有俞平伯先生的《唐宋词选释》、唐圭璋先生的《唐宋词选注》、龙榆生先生的《唐五代词选注》等。相对而言,民国词的选本似乎还难得一见。龙榆生先生曾撰有《近三百年名家词选》,旨在对有清一代的名家词进行选注,其下限为晚清民初,故民国词的整体面貌未尽呈现。

为此,我们在阅读民国词的过程中,选录了那些能打动我们内心的作品。阅读对象既有江、浙、沪和北京各大图书馆内收藏的民国时期报刊刊载的词作，更有今人南江涛《清末民国旧体诗词结社文献汇编》(2013年)，曹辛华、钟振振《清末民国旧体诗词结社文献续编》(2015年)，朱惠国、吴平《民国名家词集丛刊》(2015年)，曹辛华《民国词集丛刊》(2016年)等词学文献。通过逐家逐篇比较，初选五百余篇，继而剔除二百余篇，实选二百三十三篇，可谓民国词海中的浪花朵朵。其他未被选录的作品有待读者进一步去采撷。

二

前人时贤选唐诗宋词大多以三百首为数量取值，盖唐诗宋词各自的创作时间跨度为三百年左右。民国词创作的时间凡三十余年(1912—1949)，在相对短暂的时间跨度内选录二百多首作品，确实需要有一个相对聚焦同时又不乏开放的选择原则与标准。

民国历史虽短暂，但民国词人的经历却显多样。大体有两类：一是由晚清而入民国；一是生于民国，长于民国。由晚清而入民国的词人，其创作历史又可分为两种：一部分词人的创作活动主要在民国前半时期，因为他们的人生在这前半时期终结；还有一部分词人的创作活动则贯穿民国全程。无论哪一类词人，对他们作品的选录，都以民国时期创作的作品为主。

由晚清而入民国的词人，经历了剧烈的时代变迁。各自的生活、仕途以及遭遇不一，在作品中流露的情感态度也各不相同。一种是怀旧而不满当下。如冯煦的《水调歌头》(十日九风雨)曰："还恐《霓裳法曲》，换了《念家山破》，凄咽不成秋。今世复何世，散发弄扁舟。"借用古人"散发弄扁舟"的典故，表示远离这个变化了的尘世。又如沈泽棠的《满江红》(咫尺珠江)

曰："纵楼台,仍旧怆怀谁语。雁序况伤云畔影,燕巢休问堂前主。"也以旧典来表示怀旧之情。

一种是淡定而顺其自然。如姚鵷雏的《浣溪沙》曰:"独对黄花自唱歌。也知万事总由它。天荒地老更如何。"表达的是一种豁达洒脱的生活态度。又如沈尹默(1883—1971)的《西江月》中写道:"兴来执笔且涂鸦。遣此炎炎长夏。"流露的是自我遣兴、随遇而安的心境。

后一类词人成长于民国,其创作生涯起步于民国后半期,伴随着他们成长的是连年的战乱与沉重的磨难。因而其作品更多关注现实困苦与民族危难,表达内心忧患与民众苦难。如潘受的《鹊踏枝》(锦瑟华年弹指去)下阕写道:"几日花溪聊小住。行遍花溪,认遍花溪树。谁解秋人心独苦,江关检点兰成赋。"又如,朱奂的《临江仙》词曰:"故国登临多少恨,惊心片霎沧桑。野旐戍鼓满空江。重寻葵麦径,犹识旧斜阳。 信道青衫无泪湿,何堪半壁秋光。寒鸦尘土渐荒茫。江山如梦里,无处问兴亡。"表现了对国土沦陷的悲伤之情。

从民国词人的职业与身份看,也显得比以往时期更为多元。他们当中有政府官员、大学教授、新闻记者、军人、大中学校学生、企业经营者等。面对如此多元化身份的创作队伍所创作的作品,我们如何来选择呢?

三

从文学史发展的一般规律来看,所谓优秀的作品,既要有对传统的继承,又要体现对其时代价值的创新。就民国词而言,既要继承与发扬花间词以来的艺术传统,又要密切关注现实,赋予其鲜明的时代内涵。

因此,我们的选录原则与标准力求朝着这个方向靠拢。总体而言,所选作品,首先在语言表达等艺术层面上符合我们对词的阅读与欣赏的基本要求,其语言表达与唐宋词中的优秀之作相比也不逊色。如周炼霞的《西江月》(几度低声语软)中的"但使两心相照,无灯无月何妨",运用既朴素又巧妙的语言,表达既平淡又深刻的情感内涵,令人回味无穷。这与敦煌曲子词《望江南》"天上月,遥望似一团银。夜久更阑风渐紧,为奴吹散月边云。照见负心人",可谓异曲同工。

其次,所选词作也聚焦那些直面社会现实的作品,它们反映了民国当下重大的或特有的题材,体现了一定的"词史"价值。如蔡桢的《烛影摇红》(门外荒寒),以沉重的笔触,反映了外敌入侵、战火遍地的苦难现实:"依旧胡尘盖地。客心惊、悲笳四起。波涛狂涌,倒海声中,危舟系累。""龙战千场,破空今古离奇事。直教焦土遍人间,点点哀时泪。"又如,洪汝闿《长亭怨慢》词中写道:"是何处、渔阳鼙鼓?惊破华清,霓裳歌舞。"借用典故,反映现实,发人深省。

又如,卢前的《满江红》(尚有孤军)一词,表现的就是谢晋元在 1937 年"淞沪会战"期间,带领"八百壮士"在上海闸北据点与日本军队鏖战四昼夜这一悲壮历史:"尚有孤军,留最后、鲜红一滴。准备着、头颅相抵,以吾易敌。"这样的作品与时代同命运、共呼吸,为这一时期的词史增添亮色。

又如,李遂贤的《蝶恋花》(陕灾奇通人相食),以词人的手眼从一个独特的视角记录了民国十八年(1929)北方八省的大饥荒,以及社会各界开展的赈灾活动,包括中法大学同学倡议募捐这样的义举。对于这场大饥荒,当年的一些媒体,如《大公报》1929 年 4 月 9 日、1929 年 5 月 5 日、1929 年 5 月 6 日连续报道,《申报》1929 年 4 月 28 日也有报道,甚至美国记者埃德加·斯诺的《西行漫记》也有记录。李遂贤的词作与这些报道形成了"词史互证"的关系。

与这些表现现实题材的作品形成互补的是一些借日常生活题材来揭示某种独特意蕴的词作。如王渭的《卜算子》(身段太轻盈)一词即以风筝为题材,颇有新意。词曰:"身段太轻盈,欲去回头顾。借得春郊一缕风,便上青云路。　才遇好风吹,又被狂风误。错道吹来一样风,两样升沉数。"以风筝在风中的上下起伏,来喻指人们在社会中的沉浮升降。

又如,沈宗畸《菩萨蛮》(干卿底事缠绵意)一词以信封为诉说情感的对象,颇有妙趣。词曰:"干卿底事缠绵意,为谁辛苦相思寄。宛转个中词,问春春不知。　何尝轻泄漏,出入君怀袖。唤得薄情归,化为蝴蝶飞。"本来信封只是帮助人们传递信息和情感的载体与媒介,至于信息或情感交流是否有效,取决于信息或情感输出和接受双方,与信封无关。但词人却将交流不畅的责任归咎于信封,这就表达了情感交流者的无理与无奈。词人从上述这些日常用品等物件中探寻意义表达的空间,丰富了民国词的表现题材。

民国词题材的多样性,还体现在一系列读词词的创作。如蒋兆兰《踏莎行》(红杏光中),即是对朱彊邨《宋词三百首》的评阅。认为这本词选"沧桑之感深矣"。这种以词论词的作品给词的创作注入了新的生机。

在表现手法上,民国词人也重视对花间词以来的传统词艺的借鉴与学习。有的化用唐宋词人作品的词句,如徐珂《浣溪沙》(帘幕东风燕子还)中的"落花堆砌泪痕斑"句,化用唐韦庄《木兰花》(独上小楼春欲暮)"坐看落花空叹息,罗袂湿斑红泪滴"词句;又如,汪兆镛《浣溪沙》(一代伤心杜牧之)中"绮愁如梦鬓如丝"句,化用范成大《再试茉莉二首》(其二)中的"花香如梦鬓如丝"诗句;朱青长《山花子》(冷雨微风不解愁)中的

"天外夕阳红尽处,是江洲",化用宋张舜民《卖花声》(木叶君山下)"回首夕阳红尽处,应是长安"词句。

有的则整体仿效。如王永江的《丑奴儿》:"少年不识愁何物,倜傥风流。倜傥风流,意气高于百尺楼。 而今愁似天来大,欲去还留。欲去还留,赢得星星雪满头。"就是整首仿照辛弃疾同调作品。对于民国词人的这一创作方式,读者或许有不同的看法。纵观民国词坛,词人大多有一种"师古"心理,本书选录的作品中有一些便带有或显或隐的"师古"迹象。究其原因,当与民国词人遵循花间词以来的词学传统有关。他们将取径古人视为传承与发扬词学传统的具体实践。如朱祖谋在为冯煦《蒿盦词剩》所作的《序》中指出"君瓣香石帚,又出入草窗、玉田",即认为冯煦的词有效仿宋代姜夔、周密、张炎等词人的现象。有些则是由词人本人坦陈,如王德楷在其《娱生轩词·自序》中曰"于稼轩、白石、片玉三家尤酷嗜",自述与宋代辛弃疾、姜夔乃至周邦彦等词人之间的关系。换言之,不少民国词人将前代词人的某些词学理念奉为圭臬,并以他们的词作为范式。对此,我们在注释中作了说明。如何评价这些作品,见仁见智。如胡适即认为,唐宋之后的词人是"模仿填词","潮流已去,不可复返,这不过是一点点回波,一点点浪花飞沫而已"(胡适《词选序》)。但这些作品坚守传统词艺,延续晚唐五代词风,一定程度上反映了词在民国时期的创作走向。

四

作为一部旨在传播与推介民国词作的选本,我们对此也沿用常规体例,包含了"选"与"注"两个要素。起初,我们的设想是尽量选取那些语言优美且流畅的作品,毋需注释,读者阅读时便可"入口即化"。但在具体选录过程中,我们还是对一些需要解释的字、词、句作了解释，有的是训诂层面的，有的是艺术技巧层面的，增强选本可读性，以有助于读者阅读、理解。

在选注过程中，能阅读这么多的民国词集，这一方面得益于这个时代离我们还不遥远，当年编纂而成的词集得以较好地保留至今；另一方面也受益于上文列举的《清末民国旧体诗词结社文献汇编》《清末民国旧体诗词结社文献续编》《民国名家词集丛刊》《民国词集丛刊》等词学文献的整理与刊行。

选编文学作品，无论选者依照怎样的准则，难免会带有个人的喜好与倾向。本书选录的作品，于部分读者而言，未必欣赏；有些让人喜欢的作品，也可能没有选录在内。在此，我们也希望得到大家的包容，更希望有不同的选本诞生。如此，方能让大家更加全面、更加充分地认识民国词的整体风貌与发展历程。

李剑亮

2022 年 2 月

目　录

· 14 ·

冯　煦

　　冯煦(1842—1927),原名冯熙,字梦华,号蒿盦,江苏金坛(今属常州)人。清光绪十二年(1886)进士,授翰林院编修。历任安徽凤阳府知府、四川按察使、安徽巡抚等职。入民国,寓居上海。冯熙的文学成就以词为上,在清末民初的词坛上是一位承前启后的人物。其《蒿盦论词》继承了常州词派的词学理论,并在此基础上有所创新。其词出入于姜夔、张炎之间,谭献称其能入纳兰性德、朱彝尊之室。有《蒿盦词》(一名《蒙香室词》)、《蒿盦词剩》。

清平乐
题《西溪秋泛图》,次复堂韵,亦樊榭旧词韵也①

　　离忧共浣②,只惜微波浅。南雁秋来秋又半,犹忆翠尊重满③。　　而今石老云荒④,菰芦依旧吹凉⑤。中有江东人否⑥,相逢莫问行藏⑦。

　　【注释】①"西溪秋泛图":钱瘦铁(1897—1967)作。上有钱瘦铁本人题识,曰:"五年前与关雪道长舟游江南,梦坡词人至浙西茭芦湾,亟邀以赏秋雪,途中所见此景光。今用石溪和尚设色法写之。丙寅(1926)春,时客居五松居。蓬莱采药客瘦铁。"钤印:瘦铁长年、小住蓬莱。又有关雪题,曰:"解画吾欣陆飞翁,茶日秋闲,独卧短蓬。争与市人陈不问,西泠长老水云中。关雪题句。"钤印:关雪。"次复堂韵":用谭献词韵。谭献词为:"溪光月浣。楼上秋深浅。镜槛幽花开落半,情思巷中徒满。　百年艳冷愁荒。卷头点笔生凉。飞过轻鸿片片,微波旧影难藏。""复堂":谭献(1832—1901),初名廷献,字仲修,号复堂。浙江仁和(今杭州市)人。"亦樊榭旧词韵也":也是厉鹗昔日词作的用韵。厉鹗词为《清平乐·题饮谷说剑图》(仙源风雅)。"樊榭":厉鹗(1692—1752),字太鸿,又字雄飞,号樊榭。钱塘(今杭州市)人。

②"离忧共浣":一起洗去离别时流下的忧愁泪。化用宋刘学箕《唐多令》"何处浣离忧"。

③"翠尊重满":重新满上酒杯。"翠尊":饰有绿玉的酒器,泛指酒杯。

④"而今石老云荒":如今连石头都衰老,云朵都荒秽。形容经历的时间极其久远。化用宋欧阳修《赠沈博士歌》"云荒石老岁月侵"诗句。

⑤"菇芦":指茭白与芦苇丛中。西溪多长此两种植物。

⑥"中有江东人否":在泛舟西溪的人群中,是否有来自江东的人。

⑦"相逢莫问行藏":相逢时也不要打听各自的行迹。"行藏":指出处或行止。《史记·项羽本纪》:"纵江东父兄怜而王我,我何面目见之?""江东人"重"行藏",故"莫问行藏"。

水调歌头　题古微前辈《彊邨校词图》①

十日九风雨②,坐啸对南楼③。莫话梦中槐蚁④,富贵本云浮。却羡婆娑老子⑤,分付小红低唱⑥,独自按箜篌⑦。草歇又啼鴂⑧,灵琐杳难求⑨。　修箫谱,邀笛步,眇予愁⑩。十载困花殢酒,海曲且淹留⑪。还恐《霓裳法曲》,换了《念家山破》⑫,凄咽不成秋。今世复何世,散发弄扁舟⑬。

【注释】①"古微"：朱彊邨（1857—1931），原名祖谋，字古微，又号彊邨。浙江归安人。"彊邨校词图"：以朱彊邨校勘词集为内容的绘画作品。清末民初，大凡与朱彊邨交往的词人，如吴昌硕、陈曾寿、龙榆生等，对《彊邨校词图》都有过题咏。

②"十日九风雨"：风雨的日子占了绝大多数。化用宋辛弃疾《祝英台近·晚春》"怕上层楼，十日九风雨"词句。

③"坐啸对南楼"：面对南楼闲坐啸吟。化用明谢榛《大梁冬夜》"坐啸南楼夜"诗句。

④"莫话梦中槐蚁"：切莫谈论南柯梦中的槐树蚁穴。化用宋姜夔《永遇乐·次韵辛克清先生》"青楼朱阁，往往梦中槐蚁"词句。"梦中槐蚁"：据唐李公佐《南柯太守传》记载，淳于棼饮酒古槐树下，醉后入梦，见一城楼题大槐安国。槐安国王招其为驸马，任南柯太守三十年，享尽富贵荣华。醒后见槐下有一大蚁穴，南枝又有一小穴，即梦中的槐安国和南柯郡。后因用"槐安梦"比喻人生如梦，富贵得失无常。

⑤"婆娑老子"：放逸不羁的样子。化用宋辛弃疾《沁园春·弄溪赋》"问人间谁似，老子婆娑"词句。

⑥"分付小红低唱"：吩咐歌女低声吟唱。化用宋姜夔《过垂虹》"小红低唱我吹箫"诗句。

⑦"按箜篌"：弹奏箜篌。

⑧"草歇又啼鹄"：青草长势刚成，鹈鹕便又啼鸣。"草歇"：指草已经长到一定高度，停止生长。"啼鹄"：鹈鹕，即杜鹃鸟，啼鸣于春末夏初，其时正是落花季节。后用"啼鹄"吟咏时令之转换，感叹花事之消歇。化用南北朝萧纲《听早蝉诗》"草歇鹊鸣初"诗句。

⑨"灵琐杳难求"：传说中神仙居住的地方遥不可及。"灵琐"：神仙居所。清吴骞《扶风传信录》引许丹忱诗，有"灵琐知何处，青鸾杳不回"诗句。

⑩"修箫谱，邀笛步，眇予愁"：曾在一起谱写新词、吹笛演奏，如今极目远眺也见不到你，令我惆怅。"邀笛步"：旧名萧家渡，在今江苏南京江

宁。据宋张敦颐《六朝事迹编类》记载，晋桓伊善乐，有蔡邕柯亭笛，常自吹之。王徽之赴召京师，舟泊青溪侧，与伊不相识，令人谓之曰："闻君善吹笛，试为我一奏。"伊为作三调，弄毕，便去，客主不交一言。后名其地为"邀笛步"。"眇予愁"：化用先秦屈原《九歌·湘夫人》"目眇眇兮愁予"句。

⑪"十载困花殢酒，海曲且淹留"：长期迷恋酒色，远在偏僻海隅，久不回家。化用宋秦观《梦扬州》(晚云收)"殢酒困花，十载因谁淹留"词句。"困花"：被花困阻，指迷恋女色。"殢酒"：沉湎于酒。"海曲"：海隅，海边偏僻的地方。

⑫"还恐《霓裳法曲》，换了《念家山破》"：还在担心要把《霓裳法曲》换成了《念家山破》。以两个乐曲名的更换，喻指两个朝代的更替。"《霓裳法曲》"：唐代大型歌舞曲《霓裳羽衣曲》简称，《唐会要》称为《破阵乐赤白桃李瀛霓裳羽衣》，系当时著名法曲。"《念家山破》"：曲名，南唐李煜以此作词，今失传。宋马令《南唐书·后主纪》："旧曲有《念家山》，王亲演为《念家山破》，其声焦杀，而其名不祥，乃败征也。"

⑬"散发弄扁舟"：披头散发，在江河中尽情泛舟。化用唐李白《宣州谢朓楼饯别校书叔云》"明朝散发弄扁舟"诗句。

沈泽棠

沈泽棠(1846—1928),字莅邻,又字芷邻,号忏盦,广东番禺人。清同治十二年(1873)举人,候选知县。沈泽棠既长于填词,又精于论词。其论词以张炎"雅正"为宗旨,以张惠言"意内言外"为旨趣,盖欲合二者为一家也。有《忏盦诗钞》二卷、《词钞》一卷、《忏盦词话》一卷。

浣溪沙

红豆轻抛别梦残①。西风凉透葛衣单②。沉思往事独凭栏。　古干萧疏三径竹③,淡妆寒瘦六朝山④。怀人生怕是身闲⑤。

【注释】①"红豆轻抛别梦残":当初将爱情轻易许人,换来别后梦中的思念。意谓曾以红豆定情,如今却不能共度良宵。化自五代欧阳炯《贺明朝》(忆昔花间相见后)"只凭纤手,暗抛红豆"。

②"西风凉透葛衣单":秋风的凉意穿透了夏日的单衣。《韩非子·五蠹》:"冬日麑裘,夏日葛衣。"葛衣本是夏日所穿之衣,如今西风已起,却依旧着葛衣。言外之意是无人为其缝制秋衣。则主人公与女子分离之境,不言而喻。

③"古干萧疏三径竹":有稀落的古树和摇曳的竹子。为上句"沉思往

事独凭栏"所见。"三径":指归隐者的家园或是院子里的小路。晋赵岐《三辅决录·逃名》:"蒋诩归乡里,荆棘塞门,舍中有三径,不出,唯求仲、羊仲从之游。"

④"淡妆寒瘦六朝山":还有自六朝以来形形色色的山峰。"淡妆":用宋苏轼《饮湖上初晴后雨》"淡妆浓抹总相宜"句意。"寒瘦":用苏轼《祭柳子玉文》"郊寒岛瘦"之喻。此句意指眼前的山峰无论从哪个角度看,都是宜人的。此句也为上阕"凭栏"所见。

⑤"怀人生怕是身闲":怀念往日的人事,最担心的便是身心悠闲的时候。意谓身心悠闲之时更易回忆往事。

满江红　烟浒楼小集感赋①

咫尺珠江,是当日、谢家棋墅②。阑干外,灯船月丽,悠扬箫鼓。绣幔翠围鸳梦夜,雕廊绿暗蝉声午。忆角巾,腰笛惯登临,车茵吐③。　　红羊劫④,成焦土⑤,青衫泪,空秋雨。纵楼台,仍旧怆怀谁语。雁序况伤云畔影,燕巢休问堂前主。笑蓬莱,清浅已三番,从头数⑥。

【注释】①"烟浒楼":位于珠江太平沙。清初诗人陈恭尹晚年定居沙洲附近的广州育贤坊,并为沙洲上的一个坊额题了"太平烟浒"。后来,太平沙陆续建造了多个亭台楼阁,烟浒楼便是其中之一。

②"谢家":本指东晋名士谢安,后喻指高门世族之家。这里当指词人与人小集的烟浒楼。

③"忆角巾,腰笛惯登临,车茵吐":回想当年那些头戴方巾的隐士,腰悬短笛喜欢登高的雅士和包容醉酒车夫的上司。"角巾":方巾,有棱角的头巾。为古代隐士冠饰。这里指晋代王导。《晋书·王导传》:"则如君

言,元规若来,吾便角巾还第,复何惧哉!"腰笛":腰悬短笛。这里指宋代李委。宋胡仔《苕溪渔隐丛话后集·东坡一》:"客有郭石二生,颇知音,谓坡曰:'笛声有新意,非俗工也。'使人问之,则进士李委,闻坡生日,作新曲曰《鹤南飞》以献。呼之使前,则青巾紫裘,腰篷而已。""车茵吐":典出《汉书》卷七十四《魏相丙吉列传》。魏相丙吉的车夫好酒,一次醉酒吐在丙吉车上,丙吉的随从西曹要解聘车夫,丙吉说:"以醉饱之失去士,使此人将复何所容? 西曹第忍之,此不过污丞相车茵耳。"后以"吐车茵"喻指醉后失误或包容他人过失。宋范成大《次韵太守出郊》诗有"闻道将军宽礼数,不辞酩酊吐车茵"句。

④"红羊劫":遭遇劫难。古人认为,丙午、丁未年多灾祸。天干"丙""丁"和地支"午"在阴阳五行里都属火,为红色。地支"未",在生肖上是羊。每六十年会出现一次"丙午丁未之厄",即所谓的"红羊劫",这里指连年的战乱。

⑤"成焦土":意谓大地被战火烧成废墟。

⑥"笑蓬莱,清浅已三番,从头数":意谓蓬莱岛边的海水几经涨落,不计其数。指世事变化巨大,犹"沧海桑田"。旧题晋葛洪《神仙传·麻姑》:"麻姑自说云:接待以来,已见东海三为桑田。向到蓬莱,水又浅于往者会时略半也。"蓬莱:传说中的海上仙山。清黄景仁《贺新郎·太白墓和雅存韵》有"把千年、蓬莱清浅,旧游相告"句。

沈曾植

沈曾植(1850—1922)，字子培，号乙庵、巽斋、寐叟等，浙江秀洲(今嘉兴)人。清光绪六年(1880)进士，历任刑部主事、江西按察使、安徽提学使、布政使。王国维《沈乙庵先生七十寿序》称其"趣博而旨约，识高而议平，其忧世之深，有过于龚、魏，而择术之慎，不后于戴、钱。学者得其片言，具其一体，犹足以名一家，立一说。其所以继承前哲者以此，其所以开创来学者亦以此。使后之学术，变而不失其正鹄者，其必由先生之道矣"。宣统二年(1910)，沈曾植校刊宋嘉泰本《白石道人歌曲》，并以《事林广记》卷八、《音乐举要》卷九的《乐星图谱》等资料，与姜夔自度曲谱互相证明。入民国，沈曾植寓居上海。有《曼陀罗呓词》。

清平乐

春风独笑①，樱晚棠还早②。燕子多情忙不了，尽日呢喃谁晓③。　　清江自惯东流，遥山两点长愁④。过了清明上巳，孤他楚尾吴头⑤。

【注释】①"春风独笑"：春风独自喜笑颜开。反用"桃花依旧笑春风"之意，化自唐崔护《题都城南庄》诗。据唐孟棨《本事诗·情感》："（崔护）

清明日,独游都城南,得居人庄。一亩之宫,而花木丛萃,寂若无人。扣门久之,有女子自门隙窥之,问曰:'谁耶?'以姓字对,曰:'寻春独行,酒渴求饮。'女人,以杯水至,开门设床命坐,独倚小桃斜柯伫立,而意属殊厚,妖姿媚态,绰有余妍。崔以言挑之,不对,目注者久之。崔辞去,送至门,如不胜情而入。崔亦眷盼而归。嗣后绝不复至。及来岁清明日,忽思之,情不可抑,径往寻之。门墙如故,而以锁扃之。因题诗于左扉曰:'去年今日此门中,人面桃花相映红。人面只今何处去?桃花依旧笑春风。'"

②"樱晚棠还早":樱花已开尽,海棠花还未开。与上句"春风独笑"相呼应。

③"燕子多情忙不了,尽日呢喃谁晓":重情的燕子忙个不停,谁又能听懂它成日的诉说呢?

④"清江自惯东流,遥山两点长愁":清澈的江水依旧向东流逝,远方的山峰牵动人们无尽的忧愁。化用辛弃疾《菩萨蛮》(书江西造口壁)词:"郁孤台下清江水,中间多少行人泪。西北望长安,可怜无数山。 青山遮不住,毕竟东流去。江晚正愁余,山深闻鹧鸪。"

⑤"过了清明上巳,孤他楚尾吴头":度过了清明、上巳时节,仍独自一人漂泊在江湖。暗合上阕化用的《本事诗》中的"及来岁清明日"事典。"楚尾吴头":宋祝穆《方舆胜览》卷一九"江西路":"(豫章)地接衡庐,上控百粤,吴头楚尾,左九江,右洞庭,襟三江,带五湖,当淮海之襟带,扼瓯闽交广之吭。"注引宋洪刍《职方乘》:"豫章之地,为吴头楚尾。"后以"吴头楚尾"或"楚尾吴头"泛指江西北部一带,常借咏辗转飘蓬。

李岳瑞

李岳瑞(1862—1927)，字孟符，号小郚、惜诵等，陕西咸阳人。清光绪九年(1883)进士，戊戌变法重要人物。辛亥革命后，受北京政府邀请，赴京担任清史馆编修，撰写相关列传、记事。1915年后，为《甲寅》杂志等报刊撰写评论文章。有《郚云词》一卷，收入《沧海遗音集》。

摸鱼儿　钱雁[①]

记年时、月明仙掌，北风吹尔南去[②]。匆匆几日春回矣，还到旧曾经处。君且住。君不见、青芜满目迷归路。黯然无语。尽咄咄书空[③]，一行行字，为问甚情绪。　闲凝伫，似悔随阳计误[④]。惊心矰缴无数[⑤]。小园却羡闲莺燕，梦稳画梁芳树。君记取。休忘却、莓苔菰米湘江渚[⑥]。今宵送汝。便一舸江南，春帆万里，相觅旧鸥鹭[⑦]。

【注释】①"钱雁"：为雁钱行。以咏雁为题，寄托词人身世之感。梁启超《戊戌政变记》卷四第二章"穷捕志士"载："李岳瑞，陕西省人，工部员外郎，总理衙门章京，兼办铁路矿物事。上书请变服制，用客卿。今革职永不叙用。"据此,词中"惊心矰缴无数"实为词人之遭遇与心境的艺术再现。

②"记年时、月明仙掌,北风吹尔南去":记得当年,月明之夜你掠过承露仙掌,在寒风中飞向南方。化用唐杜牧《早雁》"仙掌月明孤影过"诗句,并将"孤影过"衍化为"北风吹尔南去"。"仙掌":据《史记》记载,汉武帝为求仙,在建章宫神明台上造铜仙人,舒掌捧铜盘玉杯,以承接天上的仙露,后称承露金人为仙掌。

③"尽咄咄书空":终日愤慨不已。典出《晋书·殷浩传》,殷浩被黜放,虽口无怨言,但整天在空中比划"咄咄怪事"四个字。

④"似悔随阳计误":好像在后悔因跟随太阳而带来的失误。"随阳计":指大雁跟随太阳迁徙。大雁作为候鸟的重要代表,会随着太阳直射点的偏移而南北迁徙,故称。如唐杜甫《同诸公登慈恩寺塔》"君看随阳雁,各有稻粱谋"。清徐恪《送赤石山人还山》(其一)"高鸿飞冥冥,不羡随阳计"。

⑤"惊心矰缴无数":经历了许多次被人暗害的遭遇,令人心惊胆战。"矰缴":系有丝绳、弋射飞鸟的短箭。比喻暗害人的手段。

⑥"莓苔菰米湘江渚":湘江两岸的菰米绿苔可以让你免受饥饿。化用杜牧《早雁》"莫厌潇湘少人处,水乡菰米岸莓苔"诗句。此句点明"饯雁"的地点,与下句"今宵送汝"点明时间,形成呼应。

⑦"相觅旧鸥鹭":寻找昔日的鸥鹭,一起自由自在。作者正面表明自己心迹。据《列子·黄帝》记载,相传海上有位喜好鸥鸟的人,每天早晨必在海上与鸥鸟相游处。后遂以与鸥鸟为友比喻浮家泛宅、出没云水间的隐居生活。这里,作者以此作为"悔随阳计误"和"却羡闲莺燕"的具体体现。

水龙吟

庭下桃花①,十四年前手植也。归来已三度开花矣。抚身世之如萍,惜流光之似水。慨然寄咏,情见乎词

武陵春色移来②,嫣然竹外枝三两③。盈盈一水,

东风送到,玉人双桨。崔护重游,殷勤留恋,去年门巷④。羡芙蓉生在,秋江风露,浑不作、人间想。细把娇枝认取,问朱颜、别来无恙。红潮晕颊⑤,粉痕渍泪⑥,春情盎盎。绣户无人,仙源何处,花前惆怅。怕明朝细逐,杨花点点,满空阶上⑦。

【注释】①"庭下桃花":此词咏桃花,故词中运用多个与桃花相关的典故。表现手法上,采用以文为词,明白晓畅,极富自然之美。全词仅"红潮晕颊,粉痕渍泪"两句为对句,其余均为散文句式。

②"武陵春色移来":春天来到武陵大地。用晋陶渊明《桃花源记》"晋太元中武陵人"典故。

③"嫣然竹外枝三两":竹林外便是几枝盛开的桃花树。化用宋苏轼《题惠崇春江晚景》"竹外桃花三两枝"诗句。

④"崔护重游,殷勤留恋,去年门巷":崔护重游故地,殷勤地留恋着去年的门巷。崔护事见前注。

⑤"红潮晕颊":两颊红润。化用宋方千里《六么令》(照人明艳)"微晕红潮一线"词句。

⑥"粉痕渍泪":施粉的脸上留下了泪痕。唐王初《春日咏梅花二首》(其一)有"靓妆才罢粉痕新"诗句。宋周密《珍珠帘》(宝阶斜转春宵永)有"是鲛人织就,冰绡渍泪"词句。

⑦"怕明朝细逐,杨花点点,满空阶上":怕是明天早上都随着杨花,一朵又一朵地飘落在空荡荡的台阶上。化用宋苏轼《水龙吟·次韵章质夫杨花词》"细看来,不是杨花,点点是离人泪"词句。

霜叶飞　书愤①

侧身江表。沧州远,归心乡梦多少。阊风缥马望觚棱②,谁念铜驼倒③。系不住、西颓落照④,神州如此河山好。怅客里光阴,容易又西风,几度倚楼凭眺。　　何况皖水青磷,稽山碧血⑤,简书愁到猿鸟⑥。不堪重对旧青娥,零泪谈天宝⑦。正海气、冥冥未晓,何时鞭起痴龙觉⑧,待有约、浮家去⑨,故国平居,更谁同调⑩。

【注释】①"书愤":抒发作者在"戊戌维新"失败后流落他乡的郁愤之情。"戊戌维新"期间,李岳瑞负责接奉传旨要务,是维系光绪帝与康有为、梁启超等维新派人士联络的重要人物。维新变法失败后,李岳瑞被革职,回咸阳家中赋闲。光绪三十年(1905),应好友张元济之邀,到上海商务印书馆任编辑,故词的首句曰"侧身江表"。"江表":长江以南的地方。

②"阆风缫马望觚棱":登上阆风山,系好马儿,遥望家乡。《楚辞·离骚》:"朝吾将济于白水兮,登阆风而缫马。"王逸注:"阆风,山名,在昆仑之上。""缫马":把马拴住、系好。"觚棱":宫阙上转角处的瓦脊成方角棱瓣之形。借指宫阙,亦借指故国。梁启超《游箱根浴温泉作》诗:"忽起觚棱思,乡心到玉关。"

③"谁念铜驼倒":有谁还记得那座倒下的铜驼雕像。"铜驼":铜铸的骆驼,古代置于宫门外。《邺中记》:"二铜驼如马形,长一丈,高一丈,足如牛,尾长二尺,脊如马鞍,在中阳门外,夹道相向。"后借指朝廷。《晋书·索靖传》:"靖有先识远量,知天下将乱,指洛阳宫门铜驼,叹曰:'会见汝在荆棘中耳!'"

④"系不住、西颓落照":留不住向天边降落的夕阳。喻指对局势的担忧。借用《西厢记·长亭送别》中的"柳丝长玉骢难系,恨不倩疏林挂住斜晖"手法。

⑤"皖水青磷,稽山碧血":皖水中漂浮着青色的火焰,会稽山上流淌着碧色的鲜血。"青磷""碧血":指牺牲者。这里指光复会会员徐锡麟、秋

瑾于 1907 年因领导浙皖起义而被清政府分别杀害于安徽安庆和浙江绍兴。"青磷"：人和动物尸体腐烂时会分解出磷化氢，常在夜间田野中自燃，发出青绿色的光焰，古称青磷，俗称鬼火。"碧血"：指为正义所流的鲜血。

⑥"简书愁到猿鸟"：形容获知徐锡麟、秋瑾就义消息后内心产生强烈的愁怨。以猿鸟都为之愁怨，凸显词人之愁怨。借用唐李商隐《筹笔驿》诗"鱼鸟犹疑畏简书"手法。当年面对诸葛亮的治军简书，连鱼鸟都产生畏惧，更不要说带兵的将领。

⑦"不堪重对旧青娥，零泪谈天宝"：不忍心再次面对昔日歌女流泪谈论往事。这里，词人以盛唐之事与词人所经历的之事相比，揭示"书愤"之背景与原因。借用唐元稹《行宫》"白头宫女在，闲坐说玄宗"的写法。"零泪"一词，也见元稹《莺莺传》："于喧哗之下，或勉为语笑；闲宵自处，无不泪零。"

⑧"正海气、冥冥未晓，何时鞭起痴龙觉"：海雾在拂晓来临前，迷漫沉沉，何时让身处迷途中的人幡然觉醒。"痴龙"：指误入迷途中的人。《法苑珠林》卷四一引南朝宋刘义庆《幽明录》曰，传说洛中有大穴，有人误坠穴中，见有大羊，取髯下珠而食之。出而问张华。华谓："羊为痴龙。其初一珠食之，与天地等寿；次者延年，后者充饥而已。"

⑨"浮家"：流动的家，以船为家。典出《新唐书·隐逸传·张志和》："愿为浮家泛宅，往来苕霅间。"喻指过隐居生活。宋张元幹《临江仙·送宇文德和被召赴行在所》词，有"泛宅浮家游戏去，流行坎止忘怀"句，宋陆游《书志》诗有"老身长子知无憾，泛宅浮家苦未能"句。

⑩"故国平居，更谁同调"：回到故乡，过平常生活，有谁也有同样的情调。化用清顾炎武《寄张文学弨时淮上有筑堤之役》"愁绝无同调，蓬飘久索居"诗句。

左桢

左桢(1854—1937)，字绍臣，别号江南大隐，江苏高邮人。坐馆为业，所教学生多有成就，有"门下门生九翰林"之誉。当时一些封疆大臣都延其为上宾。后入广西巡抚史念祖幕，授同知衔，又曾任安徽试用通判。民国后，闲居扬州琼花观巷，巷口的西边是芍药巷。故自题居所联语曰："巷口西边寻芍药；街头南向探琼花。"有《甓湖草堂诗余》一卷。

桂殿秋　游平山堂①

北关外，西河边。白鸥凭水水凭天②。名山事业无今古③，太守风流八百年④。

【注释】①"平山堂"：位于今江苏扬州市西北郊蜀冈中峰大明寺内。始建于宋仁宗庆历八年(1048)，为时任扬州知府的欧阳修所建，因登堂可以望见江南诸山，故名。宋代以来，以平山堂为题材的诗词颇多，如宋代王安石《平山堂》、苏轼《西江月·平山堂》、方岳《水调歌头·平山堂用东坡韵》，明代文徵明《过扬州登平山堂二首》等。

②"白鸥凭水水凭天"：白鸥在水天一色中飞翔。欧阳修《答和吕侍读》诗有"平湖斜照白鸥翻"。

③"名山事业"：在帝王藏策之府的事业。多指不朽的著作。《史记·

太史公自序》:"藏之名山,副在京师,俟后世圣人君子。"这里指欧阳修的作品。

④"太守风流八百年":太守欧阳修的流风余韵至今已达八百年。欧阳修《朝中措·平山堂》有"文章太守,挥毫万字,一饮千钟"。

浪淘沙

许九香太守《感事词》八首和陆部郎纯伯韵招饮见赠①。每读一过,豪气逼人。依韵和之。东施效颦,益形其丑。

尚希方家辱而教之

野老哭江头②,风雨孤舟。销磨豪杰古今休。把酒问天天不语③,血泪横流。　鼙鼓动新愁④,战垒重收。金焦对岸是瓜州⑤。乡路霅湖三万顷⑥,归梦悠悠。

【注释】①"许九香太守":许鼎霖(1857—1915),字九香,赣榆县(现江苏省连云港市赣榆区)人。光绪八年(1882)举人。先后任盐运使、庐州知府、安徽道员等。1913年初加入国民党,为江苏省议会议员。"陆部郎纯伯":陆树藩(1868—1926),字纯伯,号毅轩。皕宋楼主人陆心源之子。1902年分发为江苏补用道,先后任驻江苏商议员、总办江苏商务局等职。著有《吴兴词存》《皕宋楼藏书三志》《穰梨馆过眼三录》《忠爱堂文集》等。

②"野老哭江头":村野老人在江边哭泣。化用唐杜甫《哀江头》"少陵野老吞声哭"诗句。

③"把酒问天天不语":手执酒杯向天求问,天不作答。化用北宋苏轼《水调歌头》(明月几时有)"把酒问青天"和金段克己《渔家傲》(春去春来谁作主)"把酒问春春不语"。

④"鼙鼓动新愁":阵阵战鼓,引发新愁。"鼙鼓":古代军队中用的

小鼓。

⑤"金焦对岸是瓜州"：金山、焦山的对岸便是瓜州。"金焦"：指金山、焦山，均位于长江南岸的镇江。"瓜州"：江苏扬州。

⑥"乡路氾湖三万顷"：乡间道路与氾湖连成一片，宽广无比。"氾湖"：氾社湖，为今高邮湖的一部分。"三万顷"：表示面积宽广。

翠楼吟　遗怀

水落山寒①，霜清月冷，仍作天涯游子。问秦淮酒舍，几人醉卧珠帘里。暮云千里。寄语洛阳花，飘零知否②。愁何似，似东流去，一江寒水。　已矣，检点琴书③，料绮窗花着，雪深谁倚④。寒烟衰草外，夕阳落、征鸿飞起。乡音曾寄。惆怅倚间人，唤儿归去⑤。思亲泪，一行行落，把青衫洗。

【注释】①"水落山寒"：水位下降，山间天气转冷，形容冬天景象。化用清厉鹗《湖楼题壁》"水落山寒处"诗句。

②"寄语洛阳花，飘零知否"：传话给洛阳城里的花儿，可知我正漂泊天涯。与开篇"仍作天涯游子"相呼应。

③"检点琴书"：查点琴与书。化用清曹秉哲《移家》"检点琴书余长物"。

④"料绮窗花着，雪深谁倚"：料想家乡窗前的花儿已经开放，雪满大地时有谁可倚靠。化用唐王维《杂诗》"来日绮窗前，寒梅着花未"诗句。

⑤"倚间"：靠着家门，眺望远方。表现父母盼望子女归来的心情。《战国策·齐策六》："女朝出而晚来，则吾倚门而望；女暮出而不还，则吾倚间而望。"古代二十五家为间，门为家门，间则为乡里之大门。后世"倚间"与"倚门"混同一义。

王以敏

　　王以敏(1855—1921)，原名以慜，字子捷，号梦湘，湖南武陵(今常德市)人。清光绪十六年(1890)进士，授翰林院编修。工诗词，早岁多缘情绮靡之作。中年以后，诗思壮阔，声调益高。为"湘中三王"(经史王先谦，骈散文王闿运，诗词王以敏)之一。叶恭绰称其词"奄有梅溪、梦窗之胜，以不为标榜，故知音较稀"(《广箧中词》)。入民国，弃官回家，隐居常德农村。有《檗坞词存》十二卷、《词存别集》五卷。

如梦令
为陈笠塘农部赋《东山草堂图》十二阕之紫岚夕照①

　　漠漠风林栖鸟，隐隐烟江横棹。浮世几黄昏②，断送封侯人老③。归好，归好，何限天涯芳草④。

【注释】①"陈笠塘农部"：陈昌崶，字笠塘。湖南龙阳(今常德市汉寿县)人。光绪十五年(1889)进士。
②"浮世"：人间，人世。旧时认为人世间是浮沉聚散不定的，故称。
③"断送封侯人老"：功业未成，人却已变老。"封侯"：封拜侯爵，泛指显赫功名。
④"何限"：无限，无边。

邓　潜

邓潜(1855—1928),原名维琪,字华溪,贵州贵筑(今属贵阳)人。清光绪十五年(1889)进士,官至邛州知州。入民国,更名潜,流寓成都。工诗,晚岁始填词,有《牟珠词》。

渡江云　春尽日,独游锦江楼①

　　啼鹃声最苦,送春如客,南浦一登楼。小风城外路,一色蘼芜,新绿绣芳洲。红情似水,倩落花、拦住东流。还最爱、两三行柳,拴个打鱼舟。　　勾留,桥通万里,郭上疏灯,又黄昏时候。空盼断、衫痕剪杏,裙褶开榴②。江亭北望还芳草,问几时、重见灵修③。春去也,有人长伴春愁④。

【注释】①"春尽日":春天的最后一天。唐白居易有《春尽日宴罢感事独吟》(开成五年三月三十日作)诗,首句曰"五年三月今朝尽",故人们以"三月晦日"为"春尽日"。词以送春、留春为题,旨在怀人。一定程度上衍化了温庭筠《望江南》词:"梳洗罢,独倚望江楼。过尽千帆皆不是,斜晖脉脉水悠悠。肠断白蘋洲。"
②"衫痕剪杏,裙褶开榴":上衣有杏黄色的花纹,下裙如绽开的石榴花色。代指女性。南北朝何思澄《南苑逢美人》有"媚眼随羞合,丹唇逐笑

分。风卷葡萄带,日照石榴裙"。清叶小鸾《送蕙绸姊》有"情知此别难留住,相对无言湿杏衫"。

③"灵修":指思慕的恋人。清方朝《大江吟》诗有"青鸟欲语意夷犹,天路险阻怀灵修"句。

④"有人长伴春愁":意谓自己终日与春愁相伴。化用唐李白《菩萨蛮》(平林漠漠烟如织)"有人楼上愁"句。

蒋兆兰

蒋兆兰(1855—1932?),字香谷,江苏宜兴人。民国时与徐致章、程适、储凤瀛、徐德辉共创白雪词社。据其自述,晚年曾授词学于苏州,引朱孝臧、况周颐为同道。论词之作有《词说》,提倡婉约为词家正轨,以周清真、姜白石为宗,盛赞清真为"词中之圣",白石为"别树一帜"。至于选本,则谓张惠言《词选》"导源风雅,屏去杂流,途轨最正";周济《宋四家词选》"议论透辟,步骤井然,洵乎暗室之明灯,迷津之宝筏也";宋人选本则以周密《绝妙好词》最为精粹。有《青蕤盦词》。

鹧鸪天

蜡炬成灰泪尚红[①]。伤心人去锦屏空[②]。鸳衾梦破炉烟散[③],鸾镜生尘璧月封[④]。　情惨惨,意忡忡。不堪闻打五更钟[⑤]。一声一寸柔肠断,断尽柔肠听未终[⑥]。

【注释】①"蜡炬成灰泪尚红":蜡烛已烧尽,烛泪仍鲜红。化用唐李商隐《无题》"蜡炬成灰泪始干",并翻进一层,写女子的相思之苦。

②"锦屏":锦绣屏风。指女子的居室。本句化用宋晏几道《临江仙》(斗草阶前初见)"酒醒长恨锦屏空"。

③"鸳衾梦破":意谓夫妇团聚的梦想未能实现。"鸳衾":指绣着鸳鸯的锦被。"炉烟散":炉香已燃尽,表示夜深。

④"鸾镜尘生璧月封":镜面被灰尘蒙蔽,月亮被乌云遮掩。形容真相不明,相互之间出现误解。化自唐李咸用《自君之出矣》:"自君之出矣,鸾镜空生尘。思君如明月,明月逐君行。"

⑤"不堪闻打五更钟":不忍心继续听五更时分的钟声。

⑥"一声一寸柔肠断,断尽柔肠听未终":每听到一声声钟响,便肠断一寸。钟声还未听完,人已肝肠寸断。形容伤心至极。化用宋晏几道《醉落魄》"断尽柔肠思归切"。

踏莎行

题沤尹《宋词三百首》。沤尹是选,托始于徽宗《燕山亭·杏花》,讫于姚云文《紫萸香慢》。沧桑之感深矣①

红杏光中,紫萸香里②,年年洒尽兴亡泪。怜伊天水旧词人③,嗟余一是闲居士。　遁世沉冥④,临文兴起⑤,好从三百参微旨⑥。漫将钞撮比蘅塘⑦,断推删订追尼泗⑧。

【注释】①"沤尹《宋词三百首》":朱彊邨《宋词三百首》。这是一首论词词。除此之外,蒋兆兰还撰《词说》论各家词选。

②"红杏光中,紫萸香里":指宋徽宗《燕山亭·杏花》词和姚云文《紫萸香慢》(近重阳)词。如词序所言,朱彊邨《宋词三百首》始于前者,终于后者,故以此两者为概述。

③"天水旧词人",指宋代词人。《宋史》卷六十五:"天水,国之姓望也。"天下赵姓,皆出于天水。金兵南犯,掳走徽钦二帝,宋徽宗被封为"天

水郡王",宋钦宗被封为"天水郡公"。后人因而以"天水一朝"指代赵宋王朝。

④"沉冥":泯然无迹,义同"遁世",谓幽居匿迹。清钱谦益《奉诏削籍南归》诗曰:"尘世荣枯通与苓,蜀庄只合老沉冥。"

⑤"临文兴起":研读诗文并有所感悟。南朝梁刘勰《文心雕龙·练字》:"讽诵则绩在宫商,临文则能归字形矣。"

⑥"好从三百参微旨":喜欢从朱彊邨《宋词三百首》中探究精深微妙的意旨。《后汉书·徐防传》:"孔圣既远,微旨将绝,故立博士十有四家,设甲乙之科,以勉劝学者。"

⑦"漫将钞撮比蘅塘":将朱彊邨《宋词三百首》与孙洙《唐诗三百首》相比。"蘅塘":孙洙(1711—1778),字临西,号蘅塘退士,无锡人。清代学者。《唐诗三百首》编选者。

⑧"断推删订追尼泗":将朱彊邨编撰《宋词三百首》视为追随孔子删订《诗三百》之举。孔子,名丘,字仲尼。鲁哀公十六年(前479),孔子患病而卒,葬于鲁国城北的泗水边,故称"尼泗"。

郑文焯

郑文焯(1856—1918),字俊臣,一字叔问,号小坡,晚号大鹤山人等,奉天铁岭(今属辽宁)人。内务府汉军正白旗籍,一说汉军正黄旗籍。其词在清末民初词坛独树一帜,以姜夔、张炎为法,倡导清空澹雅,即词意宜清空;语必妥溜,取字雅洁;使事用典融化无迹;骨气清空。俞樾曾对其词给予颇高评价。时湘中王闿运以词称雄,及见文焯词作,遂敛手谢不及。程颂万、易顺鼎等咸俯首请益。《意园诗词钞》作者陈启泰称其词"雄厚之气直逼清真,时流无与抗手"。有《樵风乐府》九卷。

玉楼春

春阴多误花时节。昨夜东风犹有雪。那知天意著诗情①,新见虎山桥上月②。　十年旧赏音尘绝③。重赋横枝和泪折④。凄清心事付红箫⑤,暗惜歌前人近别⑥。

【注释】①"那知天意著诗情":怎知这多变的天气,却蕴含着浓浓的诗情画意。此句既是对前两句的反转,又引出下一句"新见虎山桥上月",即以"虎山桥上月"作为"天意著诗情"的具体表现。

②"虎山桥":又名虎山擅胜桥,为吴中古津桥。位于光福镇西北,跨

虎山、龟山之嘴，连接光福东崦湖与西崦湖，宋嘉泰年间(1201—1204)建。明人徐枋《西山胜景图记》曰："若虎山桥在二堰间，峦翠浮空，波光极目，一石梁跨之，正如长虹夭娇，横亘碧落。而梵宇临于山巅，一从登眺，不复知此身之在尘世矣。"

③"十年旧赏音尘绝"：意谓相知多年的知己，分别后便音信断绝。化用李白《忆秦娥》(箫声咽)"咸阳古道音尘绝"词句。

④"重赋横枝和泪折"：再次含泪折梅，并加以吟咏。化用苏轼《江城子·恨别》"和泪折残红"词句。

⑤"凄清心事付红箫"：将凄苦的心情谱写成曲，交付歌女用箫声表达。南宋姜夔《过垂虹》有"自作新词韵最娇，小红低唱我吹箫"句。"红箫"：泛指歌女演唱。郑文焯《大鹤山人词话》附录自述"为词实自丙戌岁始，入手即爱白石骚雅"，郑文焯词学姜夔，此词或可验证。

⑥"暗惜歌前人近别"：心中暗自惋惜与眼前的演唱者即将分别。与过拍"十年旧赏音尘绝"相呼应。感叹纵使春天已到，而知己远去。以此表现与知己分离后的孤单，笔触一波三折，婉转抑郁。

玉楼春　城西楼晚眺

　　惊烟连海掀风色①。辽雁秋稀音信隔②。王孙芳草不成归③，绿遍天涯无路陌。　　悬悬愁眼迷云北④。到处登临怀古国。夕阳楼上好青山，只是黄昏留不得⑤。

【注释】①"惊烟连海掀风色"：惊人的浓雾与大海连成一片，海面上掀起阵阵大风。

②"辽雁秋稀音信隔"：远方的鸿雁在这个深秋季节也无法将音信传递过来。反用唐李益《春日晋祠同声会集得疏字韵》"中州有辽雁，好为系

边书"诗意。

③"王孙芳草不成归"：青青芳草令王孙流连不已,忘了回家的路。化用《淮南小山·招隐士》"王孙游兮不归,春草生兮萋萋"诗句。

④"悬悬愁眼"：一心一意地期待、盼望。明冯梦龙《警世通言》卷二五:"吾怜君而相赠,岂望报乎？君可速归,恐尊嫂悬悬而望也。"

⑤"夕阳楼上好青山,只是黄昏留不得"：在楼上看夕阳下的大好青山,只是此刻已是黄昏,无法留住这美景。化用唐人李商隐《登乐游原》"夕阳无限好,只是近黄昏"诗句。郑文焯《大鹤山人词话》附录自述自己勤学白石十年后,"乃悟清真之高妙"。清真高妙之处便是化用前人诗句,此词可视为郑文焯"悟清真之高妙"的佐证。

夏孙桐

夏孙桐(1857—1941),字闰枝,又字悔生,晚号闰庵,江苏江阴人。清光绪十八年(1892)进士,授编修,历官湖州、宁波、杭州知府。中年尤工填词。与王鹏运、郑文焯、朱祖谋相唱和。梁士诒评曰:“孙桐文学渊博,工诗又善填词。其词风格遒上,兼有南朝乐府风味。”与道光、同治间著名词人蒋春霖并誉为“苏南江阴两词人”。顾廷龙《悔龛词跋》:“先生之词,绵丽高骞,出入白石、玉田之间,而又融合梦窗,得其神韵。”民国初,入清史馆,又佐徐世昌辑《晚晴簃诗汇》及《清儒学案》。有《悔龛词》一卷、《续》一卷。

夜飞鹊

望亭雨泊,偕艺风同作,绘《同舟听雨图》纪之[①]

西风暗吹雨,黄叶声边[②]。孤棹冷泊吴烟[③]。津桥星火半明灭,羁人相对迟眠。潇潇又成阵,正山钟搀断,野柝催阑[④]。清愁万点[⑤],任篷窗、一晌无言。 凄绝转蓬身世,偏共卧沧江[⑥],经岁经年。今夕茫茫云水,波深月黑[⑦],何处鸣舷。拥衾剪烛,想芦中、梦影都寒。怕栖乌惊起,明朝揽镜,换了朱颜⑧。

【注释】①"望亭":古名御亭,曾名鹤溪。位于苏州市西北隅。"艺风":缪荃孙(1844—1919),字炎之,又字筱珊,晚号艺风老人,江苏江阴人。

②"西风暗吹雨,黄叶声边":风雨在夜色中吹打着枯黄的树叶,发出阵阵声响。点明秋夜雨泊背景。明陈祯《忆萧山故友》有"西风吹雨暗书房,每忆萧山别意长。马驻西陵秋树晚,诗吟东浙夜窗凉"。

③"孤棹冷泊吴烟":一只小船孤零零地停泊在吴地的水面上。此句以"冷"修饰"泊",凸显"孤棹"之"孤"。"吴烟":吴地。吴文英《暗香·送魏句滨宰吴县解组分韵得阖字》有"尽换却、吴水吴烟,桃李靓春厣"词句。这里指词序中所述苏州望亭。

④"正山钟搀断,野柝催阑":山间的钟声和郊野的打更声混合在一起,仿佛在催促着夜晚的降临。"搀":混杂,夹杂。

⑤"清愁万点":喻愁绪之多。化用秦观《千秋岁》(水边沙外)词"飞红万点愁如海"句。

⑥"共卧沧江":指与缪荃孙一起夜泊江上。"沧江":江流,江水。以江水呈苍色,故称。杜甫《秋兴八首》有"一卧沧江惊岁晚"句。

⑦"波深月黑":雨夜的河面因涨水而变深,月光被云层遮挡而变暗。

⑧"明朝揽镜,换了朱颜":第二天早晨,持镜相照时,发现容颜已经苍老。唐李白《将进酒》有"君不见,高堂明镜悲白发,朝如青丝暮成雪"句。元王冕《关河雪霁图为金陵王与道题》有"明朝揽镜成白首,春色又归江上柳"句。

南歌子 灞桥寄家人①

薄霭还明水②,微云不障山。无风无雨灞桥边。

只觉征衣犹怯晓莺寒。　弱絮都无着,长条那任攀③。销他雾鬓与烟鬟④。回首黄尘千里路漫漫⑤。

【注释】①"灞桥":灞桥位于今西安市城东。春秋时期,秦穆公称霸西戎,将滋水改为灞水并修桥,故称"灞桥"。

②"薄霭还明水":薄雾退去,又见桥下明净的河水。

③"弱絮都无着,长条那任攀":脆弱的柳絮都无处安身,柳枝又哪还经得起攀折。

④"销他雾鬓与烟鬟":意谓因思念家人而伤心难过。"销":销魂。南朝梁江淹《别赋》:"黯然销魂者,唯别而已矣。""雾鬓与烟鬟":形容鬓发美丽。这里代指女性。宋张孝祥《雨中花慢》词:"一叶凌波,十里驭风,烟鬟雾鬓萧萧。"

⑤"回首黄尘千里路漫漫":指与家人相距遥远。化用唐杨炯《战城南》"寸心明白日,千里暗黄尘"诗意。

魏元旷

　　魏元旷(1857—1935)，原名焕奎，字斯逸，号潜园，又号蕉盦，江西南昌人。清光绪二十一年(1895)进士，历任刑部主事，民政部署高等审判庭推事。民国后归乡，工诗词。以史笔载录诗词，以春秋笔法展现社会鼎革下作者的民族情感变化及在社会转型中的心态。有《潜园词》四卷、《续钞》一卷。

蝶恋花　花朝①

　　连日凄风兼苦雨。寂寞花朝，未有看花处②。漠漠水田村舍暮，湿烟远近垂杨树。　　极目天涯芳草路。花里游骢，岁岁寻春去。红杏江南春几许③，呢喃燕子空相语④。

　　【注释】①"花朝"：花朝是农历二月的别称。此月有花朝节，也叫花神节，俗称百花生日，流行于东北、华北、华东、中南等地，一般于农历二月初二、二月十二或二月十五举行。

　　②"连日凄风兼苦雨"三句：本该是花团锦簇的春日盛景，却因连日的凄风苦雨而无处赏花，不由得十分寂寞。化用宋晁补之《海陵寒食》中"日日凄风兼苦雨"诗句。词以"花朝"为题，原本应尽情表现春天美景，然以此句起首，并引出下文的"未有看花处"。

③"红杏江南春几许"：红杏在风雨中零落，江南的春天还剩多少呢？化用宋赵令畤《蝶恋花》(欲减罗衣寒未去)词中"红杏枝头花几许"句法。

④"呢喃燕子空相语"：燕子的轻声细语也不过是徒然。化用宋吴潜《贺新郎》"燕子呢喃语，小园林、残红剩紫，已无三数"词意。

朱祖谋

朱祖谋(1857—1931),字古微,原名孝臧,号沤尹,又号彊邨,归安(今湖州)人。清光绪九年(1883)进士,官至礼部右侍郎。入民国,寓居上海。选编的《宋词三百首》至今仍是最权威的宋词选集之一。朱氏尤精校勘,循王鹏运所辟途径,而加以扩展,所刻《彊邨丛书》,搜集唐、宋、金、元词家专集163家,遍求南北藏书家善本加以勘校,为迄今所见比较完善的词苑大型总集之一。又辑《湖州词征》三十卷,《国朝湖州词录》六卷。其他已刻、未刻丛稿,由龙榆生于1933年汇编为《彊村遗书》出版。其中包括足本《云谣集杂曲子》一卷、《词荔》一卷、《沧海遗音集》十三卷等多种。有《彊邨语业》三卷,《彊邨词剩稿》二卷、《彊邨集外词》一卷。

浣溪沙

五里东风三里雾。小屏山上桄榔路。梦里送君骑象去①。　归来细诉双鹦鹉②,密约鸾钗还记否③,泪尽兰堂携手处④。

【注释】①"梦里送君骑象去":梦中送你时,看到你骑着大象远去。据此,前两句"五里东风三里雾。小屏山上桄榔路",为"送君"的气候与路径。同属于梦境描写。"骑象":佛教"十八罗汉"之一的迦理迦,本是一位驯象师,出家修行而成正果,故名骑象罗汉,并以此象征有威力,能耐劳,又能致远的人。这里将送别对象描写成骑象者,即委婉地表达了对方在自己心目中的地位。

②"归来细诉双鹦鹉":回到家里,只能向那一对鹦鹉仔细诉说自己的内心感受。下阕三句,当为梦后之举。"归来",意含双关。一写梦醒而起,一写送人而归。"双鹦鹉",与抒情主人公此时独自一人的情景形成反衬。唐温庭筠《菩萨蛮》(小山重叠金明灭)有"新帖绣罗襦,双双金鹧鸪"。

③"密约鸾钗还记否":是否还记得当初互赠信物时许下的誓约。此句隐括了白居易《长恨歌》"惟将旧物表深情,钿合金钗寄将去。钗留一股合一扇,钗擘黄金合分钿。但教心似金钿坚,天上人间会相见。临别殷勤重寄词,词中有誓两心知"诗意。

④"泪尽兰堂携手处":在曾经携手相处的芬芳之室,泪流不止。"兰堂":《文选》张衡《南都赋》有"揖让而升,宴于兰堂"之句。吕延济注曰:"兰者,取其芬芳也。"南唐冯延巳《应天长》"当时心事偷相许,宴罢兰堂肠断处"也以"兰堂"为表现思念之情的一个意象。

浪淘沙　自题《庚子秋词》后①

何止为飘零,相伴秋灯②。念家山破一声声③。销尽湘累多少泪④,不要人听。　　蛮駏若为情,哀乐纵横⑤,十洲残梦未分明⑥。休向恨笺愁墨里,画取芜城⑦。

【注释】①"自题《庚子秋词》后":光绪二十六年(1900),即庚子年,八国联军入侵北京,慈禧太后与光绪帝"西巡狩猎"。是年秋,朱孝臧与王鹏运、刘福姚等集于宣武门外教场头条胡同寓宅,相约填词,成《庚子秋词》二卷,并创作了这首词。

②"何止为飘零,相伴秋灯":身处漂泊之境,又值秋夜。

③"念家山破一声声":耳畔回荡着思念家国的曲调。宋马令《南唐书·后主纪》曰:"旧曲有《念家山》,王亲演为《念家山破》,其声焦杀,而其名不祥,乃败征也。"

④"销尽湘累多少泪":令无数像屈原一样的人流干了眼泪。"湘累":指屈原。冤屈而死曰"累"。屈原赴湘水支流汨罗江而亡,是为"湘累"。宋辛弃疾《蝶恋花·月下醉书雨岩石浪》有"唤起湘累歌未了,石龙舞罢松风晓"句。

⑤"蛮蜼若为情,哀乐纵横":犹如蛮与蜼两种动物一样情有相通,同悲同乐。"蛮蜼":"蛮蛮蜼蜼"的省称,为传说中的两种异兽,样子相似而又形影不离,故亦比喻休戚与共、亲密无间的友谊。此处词人将自己与屈原比作"蛮蜼"。

⑥"十洲残梦未分明":沉浸在虚幻的仙境中迟迟未醒。"十洲":道教称大海中神仙居住的十处名山胜境。亦泛指仙境。旧题汉东方朔《海内十洲记》曰:"汉武帝既闻王母说八方巨海之中有祖洲、瀛洲、玄洲、炎洲、长洲、元洲、流洲、生洲、凤麟洲、聚窟洲。有此十洲,乃人迹所稀绝处。"宋晏几道《清平乐》(西池烟草):"正在十洲残梦,水心宫殿斜阳。"

⑦"休向恨笺愁墨里,画取芜城":不再通过充满怨恨与愁绪的文字,写出《芜城赋》这样的作品。"恨笺":弥漫怨恨的笺注。"愁墨":充满愁绪的墨迹。这里指写就的《庚子秋词》词篇。"芜城":指隋时的江都,旧名广陵,即今江苏扬州。南朝宋鲍照目睹该城荒芜,作《芜城赋》,后遂以芜城称江都城。唐李商隐《隋宫》有"紫泉宫殿锁烟霞,欲取芜城作帝家"句。

卜算子

江北望江南,花发双红豆①。道是相思两地殊,一样伤心候②。 带眼隔年移③,镜面凝尘久④。道是相思两地同,试比谁消瘦。

【注释】①"江北望江南,花发双红豆":隔江相望,料想江南春至,红豆已成双成对地开放。化用唐王维《江上赠李龟年》"红豆生南国,春来发几枝"。

②"道是相思两地殊,一样伤心候":说起来,江南江北红豆的花期并不相同,但为何彼此却是一样的伤心时节? 这两句与下阕"道是相思两地同,试比谁消瘦",在逻辑上形成递进关系,在语言上又形成对仗之美。

③"带眼隔年移":腰带上的孔眼隔年便要收放一下。为"衣带渐宽"的另一种表达方式。表示人因相思而日渐消瘦。故下文有"试比谁消瘦"之表达。"带眼":指腰带上的孔眼,放宽或收紧腰带时使用。宋陆游《新凉书怀》诗:"乌帽围宽带眼移,闭门惯忍日长饥。"

④"镜面凝尘久":镜面上凝积的尘埃已很久了。喻指长久无心对镜梳妆。为"女为悦己者容"意义的反向表达。

张仲炘

张仲炘（1857—1913），字慕京，号次珊，又号瞻园。湖北江夏（今武汉）人。清光绪三年（1877）进士，散馆授编修。官至江南道监察御史。后任江苏尊经书院山长。陈匪石曾师从其学词。其《曲玉管》（细慧煎春）词，为法国小仲马《茶花女》而写，题材独特。词序曰："外国小说《茶花女》一册，叙巴黎名倡马克格尼尔事。译笔幽邃峭折，虽寻常昵昵儿女子语，使人之意也消。马克与之千古矣。词以咏之。"有《瞻园词》二卷、《续》一卷。

菩萨蛮

无花便觉春无色，花开无奈多攀摘①。况是风雨吹，枝头红更稀。　开时人不惜，落去无人拾。侥幸剩残枝，花开还有时。

【注释】①"无花便觉春无色，花开无奈多攀摘"：花未开时，总觉得少了春色；花真开了，却又担心被人频繁攀折。前句盼春，后句惜春。与唐无名氏《金缕衣》"花开堪折直须折，莫待无花空折枝"两句所蕴含的惜春之情相同。

沈宗畸

沈宗畸(1857—1926)，字太侔，号南雅、孝耕、繁霜阁主，广东番禺人。早年以一首《落花诗》闻名京师，其中的"一桁汀帘三月雨，数声风笛六时更"被传唱一时，人称"沈落花"。有《繁霜词》一卷。

菩萨蛮　信封①

干卿底事缠绵意②，为谁辛苦相思寄。宛转个中词，问春春不知。　何尝轻泄漏，出入君怀袖③。唤得薄情归，化为蝴蝶飞④。

【注释】①"信封"：咏信封。
②"干卿底事"：关你什么事。"干"：关涉。《南唐书·冯延巳传》："延巳有'风乍起，吹皱一池春水'之句，元宗尝戏延巳曰：'吹皱一池春水，干卿何事？'"
③"出入君怀袖"：伴随在你的身旁。汉班婕妤《怨歌行》有"出入君怀袖，动摇微风发"句。
④"唤得薄情归，化为蝴蝶飞"：唤得薄情之人回到身边，便可如蝴蝶一样双双飞舞。

易顺鼎

易顺鼎(1858—1920),字实甫,号一厂居士,别号哭庵。湖南龙阳(今常德汉寿)人。光绪举人。曾被张之洞聘为两湖书院经史讲席。历任云南、广东等地道台。入民国,任印铸局长。与诗人樊增祥并称"樊易"。易顺鼎中年曾自撰《哭庵传》,称自己"初为神童,为才子,继为酒人,为游侠。少年为名士,为经生,为学人,为贵官,为隐士",虽有自夸成分,但也从侧面反映了他矛盾的性格和复杂的人生经历。有《琴思楼词》一卷。

霜华腴
将之湘水校经堂①,初发龙潭道中作

柳边控马,憾绣鞍、春来不载愁归②。古驿烟荒,官堤草长,年时旧梦全非。一鞭自随。又等闲、换了征衣。问谁家、玉笛吹寒,楚天人与雁俱迟。何事南来北去,写沅兰澧芷③,身世堪悲。绛帐传经④,元亭问字⑤,空惊岁序迁移。乱山易歧⑥。对暮鸦泪满斜晖⑦。怕霜华、不管飘零,暗催双鬓丝⑧。

【注释】①"湘水校经堂"：清道光十一年（1831），湖南巡抚吴荣光初创于长沙岳麓书院内，以经史、治事、辞章分科试士。光绪五年（1879），迁建于城南天心阁下；十六年，学政张亨嘉于长沙湘春门外另建院舍，改名校经书院，亦称"湘水校经书院"。分经义、治事两斋，专课经史和当世之务。

②"柳边控马，憾绣鞍、春来不载愁归"：骑马到柳树边，遗憾的是那华美马鞍，虽带来了春天，却不肯带走愁绪。化用宋辛弃疾《满江红》（点火樱桃）"问春归、不肯带愁归，肠千结"。"控马"：驾驭马匹，骑马。

③"写沅兰澧芷"：像屈原一样写下《九歌》这样的作品。屈原《九歌·湘夫人》有"沅有芷兮澧有兰，思公子兮未敢言"诗句。"沅"：沅水；"澧"：澧水。均在今湖南省。"芷"：白芷，一种香草。

④"绛帐传经"：指作者此次赴湘水校经堂执教。"绛帐"：讲席。《后汉书·马融传》："融才高博洽，为世通儒，教养诸生，常有千数……居宇器服，多存侈饰。常坐高堂，施绛纱帐，前授生徒，后列女乐，弟子以次相传，鲜有入其室者。""传经"：传授儒家经典。宋刘挚《马融绛帐台》："汉守曾为绛帐师，升堂高弟许抠衣。传经无复当时事，只有沙禽自在飞。"

⑤"元亭问字"：意谓在湘水校经堂将有好学之士前来求学。就像当年刘棻问学于扬雄一样。"元亭"：即"玄亭"，"草玄亭"的简称。"草"，草拟的意思。"玄"，指汉代扬雄所著《太玄》。清人避康熙帝御名玄烨之讳，故以"元"字替代。宋人李昉等《太平御览》卷一八〇《居处部八·宅》："《成都记》曰：成都县南百步有……扬雄宅，今草玄亭余迹尚存。""问字"：据《汉书》卷八十七下《扬雄传下》，汉扬雄校书天禄阁时，多识古文奇字，刘棻曾向扬雄学奇字。后来称从人受学或向人请教为"问字"，亦称"问奇字"。清吴安祖《修葺嘉山书院落成延师课士》："城东仿佛元亭路，合有棻芭问字来。"

⑥"乱山易歧"：山路曲折，易入歧途。

⑦"对暮鸦泪满斜晖"：面对暮色中的飞鸟和西下的夕阳，不禁泪流满面。化用清张廷寿《回籍营葬时方客寄海陵二首》（其一）"独对斜晖泪满巾"诗句。

⑧"怕霜华、不管飘零,暗催双鬓丝":担心霜花不顾漂泊者的感受,悄悄地将其双鬓变白。化用清顾太清《探春慢·春阴》"奈岁月、暗催双鬓"词意。

李绮青

李绮青(1859—1925),字汉珍,号倦斋老人,广东惠阳(今惠州)人。清光绪进士。曾任福建惠安知县、吉林宁安知府等。官至资政大夫。入民国,定居北京。工诗词文赋,尤以词成就最高。叶恭绰称其"为词三十载,功力甚深,清迥丽密,可匹草窗(即周密)、竹屋(即高观国)"。钱仲联在《近百年词坛点将录》中誉其为"岭表词场之射雕手"。有《听风听水词》一卷。

卖花声　西湖秋兴

秋水碧如天,稳泛溪船①。清蟾还似去年圆②。几度寻秋凭水榭,自拍阑干。　夕露尚漫漫,雁起芦滩③。渔扉静掩钓翁眠④。红蓼花边鸥数点,四面青山⑤。

【注释】①"秋水碧如天,稳泛溪船":秋天的湖水如天空一般碧蓝,小船平稳地行驶其中。化用明叶小鸾《舟行》"舸摇秋水碧如天"诗句。

②"清蟾还似去年圆":清澈的月亮还是与去年一样圆满。"清蟾":澄澈的月亮。传说月中有蟾蜍,故以蟾代称月。宋贺铸《采桑子·罗敷歌》:"犀尘流连。喜见清蟾似旧圆。"

③"夕露尚漫漫,雁起芦滩":傍晚的露水渐渐滋生,大雁从芦苇滩中

起飞。"雁起芦滩":化用宋诗刘克庄《沁园春》(辽鹤重来)"但萤飞草际,雁起芦间"词意。

④"渔扉静掩钓翁眠":渔家的门静静地虚掩着,钓鱼的老翁正安然入眠。反用宋陆游《徙倚》"渔扉夕不掩,徙倚欲三更"诗意。

⑤"红蓼花边鸥数点,四面青山":红蓼花边的几只雪白的鸥鹭,张望着四面的青山。

满江红　漳河怀古①

一水东流②,数形胜、尚称河北③。勒马看、辕辕云气,太行山色④。野雪半迷官渡草⑤,秋风何处西陵柏⑥。问当时、七十二疑坟⑦,无人识。　铜狄泪⑧,向谁滴。广武骨⑨,凭谁觅。有几行衰柳,数声残笛。空剩邺中才子赋⑩,难寻洛浦仙妃宅⑪。更不须、青史论兴亡⑫,今犹昔。

【注释】①"漳河":为海河水系的南运河支流。发源于山西长治,流经河北省与河南省。

②"一水东流":指漳河自西向东流入长江。

③"数形胜、尚称河北":从山川形胜看,在黄河之北值得称道。

④"勒马看、辕辕云气,太行山色":拉住缰绳,骑在马上,观看辕辕山上空的云气,以及太行山的景色。"辕辕":指辕辕山,位于河南巩义、登封、偃师交界一带,嵩山太室与少室之间。"太行山色":漳河在山西分清漳河和浊漳河两支。清漳河流经太行山区。

⑤"野雪半迷官渡草":郊野的大雪盖住了官渡渡口的草地。"官渡":今河南中牟东北。建安五年(200),曹操军与袁绍军在此决战,史称"官渡之战"。

⑥"秋风何处西陵柏"：秋风阵阵，西陵旁边的柏树是否还在。"西陵"：指三国魏武帝曹操陵寝。在今河北省邯郸市临漳县西。南朝齐谢朓《铜雀台》诗："郁郁西陵树，讵闻歌吹声。"

⑦"七十二疑坟"：指传说中的曹操墓。相传曹操怕死后被人掘墓，在河北省邯郸市临漳县、磁县漳河一带造了七十二个疑冢。

⑧"铜狄泪"：铜人流泪。喻指黍离之悲。据《三国志·魏书·明帝纪》裴松之注引《魏略》，景初元年（237），"徙长安诸钟虡、骆驼、铜人承露盘，盘拆，铜人重不可致，留于霸城"。唐李贺《金铜仙人辞汉歌》诗中曰："魏官牵车指千里，东关酸风射眸子。空将汉月出宫门，忆君清泪如铅水。"并在诗序中记曰："魏明帝青龙元年八月，诏宫官牵车西取汉孝武捧露盘仙人，欲立置前殿。宫官既拆盘，仙人临载，乃潸然泪下。""铜狄"：铜铸之人，即"铜人"，亦称"金人"。古多铸以置于宫庙间，或铭文其上。

⑨"广武骨"：指汉代在广武阵亡将士的尸骨。广武，位于山西省山阴县南。据记载，广武曾是南北争夺的重要地带，汉代在此设郡屯兵，故留下多处汉代将士的墓葬。

⑩"空剩邺中才子赋"：徒留邺中才子的赋文。"邺中才子赋"：指曹植《洛神赋》。"邺中"：三国时魏国的都城，在今河北省临漳县西南邺镇东。

⑪"难寻洛浦仙妃宅"：也再难寻找到洛水神女的住处。"洛浦仙妃"：指甄氏，即曹植《洛神赋》中的"洛神"。

⑫"青史论兴亡"：依据史书来评价历史的兴亡。"青史"：史书。古代用竹简写字记事，故称史书为青史。

鹧鸪天　秋感

琼瑟丁东夜气幽①。含情独自下西楼。梧桐枝上三更雨，蟋蟀声中一段愁。　空怅惘，悔淹留。漫题红叶寄荒沟②。庾郎怀抱销亡尽，只有哀吟报答秋③。

【注释】①"琼瑟丁东夜气幽":犹如鼓瑟之音的滴漏声,叮叮咚咚地回响在寂静的夜晚。"琼瑟丁东":化用唐温庭筠《织锦词》:"丁东细漏侵琼瑟。""丁东细漏",古时夜间用铜壶滴漏以计时。"细漏",铜壶水已无多,故而漏细。说明夜已深。"侵",犯也。词曲中移宫换商,谓之换声犯调。"侵琼瑟",使漏声变为瑟声,正像犯声一样。宋吴文英《秋思·荷塘为括苍名姝求赋其听雨小阁》词也有"漏侵琼瑟。丁东敲断,弄晴月白"句。

②"漫题红叶寄荒沟":随手在红叶上题写诗句,让它随着荒凉的水沟去往远方。化用唐范摅《云溪友议》典故。该书卷十记载:"卢渥舍人,应举之岁,偶临御沟,见一红叶,命仆搴来。叶上乃有一绝句,置于巾箱,或呈于同志。及宣宗既省宫人,初下诏,许从百官司吏,独不许贡举人,渥后亦一任。范阳获其退宫人,睹红叶而吁怨久之,曰:'当时偶题随流,不谓郎君收藏巾箧。'验其书,无不讶焉。诗曰:'流水何太急,深宫尽日闲。殷勤谢红叶,好去到人间。'"宋人化用此典的词作有晏几道《虞美人》(闲敲玉灯隋堤路):"一声长笛倚楼时,应恨不题红叶寄相思。"

③"庾郎怀抱销亡尽,只有哀吟报答秋":犹如庾信已失去曾经的抱负,只有以哀吟之辞作为对秋天的回应。"庾郎":庾信(513—581),曾奉命出使西魏,遂留居北方,作《哀江南赋》《枯树赋》,以抒发思乡之情。

南楼令

乡思黯然,欲归不得,赋此以寄越吟之意①

楼外夕阳明,危阑独自凭。看江心、潮落潮生。数尽千帆来复往,浑不是、我归程②。　鬂发叹星星③,乡关无限情。只垂杨、依旧还青。又是海棠开尽后,和燕子、说飘零④。

【注释】①"以寄越吟之意":以寄托当年庄舄以吟唱越国乐曲表达不忘故国的情意。照应"乡思黯然"之意。庄舄,战国时越国人,也称越舄。在楚国任职,病中思念故国而用越声吟唱。见《史记·张仪列传》。后以"庄舄越吟"喻指思乡之咏。王粲《登楼赋》有"庄舄显而越吟"句。

②"数尽千帆来复往,浑不是、我归程":逐一点数着来往的船只,都不是我回家要走的航程。上阕演绎温庭筠《梦江南》"梳洗罢,独倚望江楼。过尽千帆皆不是,斜晖脉脉水悠悠。肠断白蘋洲"词意。

③"鬓发叹星星":感叹鬓发已花白。谢灵运《游南亭》有"戚戚感物叹,星星白发垂"。

④"又是海棠开尽后,和燕子、说飘零":又到了海棠花凋谢的时候,跟燕子诉说着各自的飘零之苦。"海棠开尽后",是说花落春残,象征女子的芳华易逝。"和燕子"句,以归燕反衬故人之未归,激发和增添女子的离思。可与宋王诜《忆故人》(烛影摇红向夜阑)"海棠开后,燕子来时,黄昏庭院"对照阅读。

况周颐

况周颐(1859—1926),原名周仪,因避溥仪讳,改名周颐。字夔笙,晚号蕙风词隐等,广西临桂(今桂林)人。清光绪五年(1879)举人,曾官内阁中书,后入张之洞、端方幕府。况周颐一生致力于词,凡五十年,尤精于词论。与王鹏运、朱孝臧、郑文焯合称"清末四大家"。入民国,常与朱孝臧唱和,因而严于守律,于词益工。其内容则大都为"故国"之思。有《蕙风词》《蕙风词话》。

浣溪沙
沤尹往还苏沪间,蟾不再圆,骊辀一唱[①],
感时惜别,情见乎词

身世沧波夕照边[②]。总然相见亦相怜[③]。那更垂杨偏不系,木兰船[④]。 莫向天涯轻小别,几回小别动经年。早是无多双鬓绿,况霜天[⑤]。

【注释】①"沤尹往还苏沪间,蟾不再圆,骊辀一唱":朱祖谋先生往还于苏州、上海之间,难得团聚,犹如月亮不再圆满,所以写下这首离别的歌。"沤尹":朱祖谋(1857—1931),号沤尹,又号彊邨。"蟾":指月亮,传说中月有蟾蜍。"骊":"骊驹之歌"的简称,指告别的歌。唐韩翃《赠兖州孟都督》有"愿学平原十日饮,此时不忍歌《骊驹》"诗句。

②"身世沧波夕照边":悠悠身世如同沧海波涛,在夕阳下起起落落。隐括宋苏轼《八月十五日看潮》(其三):"江边身世两悠悠,久与沧波共白头。"

③"总然":纵然,即使。"总":同"纵"。

④"那更垂杨偏不系,木兰船":为何岸边的杨柳拴不住你这远去的小船。"木兰船":船的美称。化用唐张籍《春别曲》"江头橘树君自种,那不长系木兰船"诗意。

⑤"早是无多双鬓绿,况霜天":早已是两鬓斑白,没有多少青丝了,更何况在这个霜浓的天气里。形容饱经沧桑,容颜衰老。宋梅尧臣《得曾巩所附永叔书答意》诗有"忧心日自劳,霜发应满鬓"句。

李 孺

李孺(1861—1931),字子申,晚号龠闇,河北遵化人。祖上受清廷恩重。曾任地方官。后赴日本为留学生监督。与梁鼎芬等有交往。入民国,卖文为生。有《龠闇词》一卷。

浣溪沙
同梁节庵游当阳玉泉山①

雨后泉声最可听。小桥西畔夕阳明。水流云在此时情。　散步松林时见鹿②,闲过竹院喜逢僧③。更无尘事道山亭④。

【注释】①"梁节庵":梁鼎芬(1859—1919),号节庵。"当阳玉泉山":位于湖北省当阳市境内。

②"散步松林时见鹿":在松树林中散步,时不时有小鹿出没其间。李白《访戴天山道士不遇》有"树深时见鹿,溪午不闻钟"诗句。

③"闲过竹院喜逢僧":悠闲路过竹院,惊喜地遇见僧人。唐李涉《题鹤林寺僧舍》有"因过竹院逢僧话,又得浮生半日闲"诗句。

④"更无尘事道山亭":再也没有俗事打扰到道山亭中的人。"尘事":尘事俗物。晋陶潜《辛丑岁七月赴假还江陵夜行涂口》诗有"闲居三十载,遂与尘事冥"之句。"道山亭":北宋程师孟所建,曾巩有《道山亭记》。这

里,将当阳玉泉山比作道山亭。

武陵春[①]
题程十发《桃源放棹图》[②]

溪上青山山外树,树底水潺潺。不是山中别有天,世上有桑田。　夹岸桃花随处有,随处有神仙。生怕尘根未断缘[③]。洞口隔林烟。

【注释】①"武陵春":此词调相传是北宋词人毛滂所创。据《填词名解》云,调名取自唐人方干《睦州吕郎中郡中环溪亭》诗"为是仙才登望处,风光便似武陵春"。其源出东晋陶潜《桃花源记》"晋太元中,武陵人捕鱼为业"语,故名。

②"程十发":程颂万(1865—1932),字子大,号十发居士。湖南宁乡人。"桃源放棹图":待考。从词文内容看,此画当以陶渊明《桃花源记》为演绎对象。与词调"武陵春"亦呼应。"放棹":乘船,行船。象征自由放任。

③"生怕尘根未断缘":担心对世俗的功利之心无法放弃。佛教以色、声、香、味、触、法为六尘;眼、耳、鼻、舌、身、意为六根。根尘相接,便产生六识,导致种种烦恼。

临江仙

入画江山无限景[①],却教笔底齐收。开函触目忆前游。烹茶僧院井,载酒小溪舟。　闻说昔年金粉地[②],而今多半荒丘。思量往事不胜愁。山形无恙在，依旧枕寒流③。

【注释】①"入画江山无限景"：明张宣《题倪瓒溪亭山色图》："江山无限景，都聚一亭中。"

②"金粉地"：帝都。这里指南京。

③"山形无恙在，依旧枕寒流"：高山安然无恙，依然与流水朝夕相伴。化用唐刘禹锡《西塞山怀古》："人世几回伤往事，山形依旧枕寒流。"山川依旧，反衬人事之变化。申足前句"思量往事不胜愁"之意。

汪兆镛

汪兆镛(1861—1939)，字伯序，号憬吾，广东番禺人，原籍浙江山阴(今绍兴)。两次进京应试，不第。民国后，侨居澳门。在澳门创作了大量的诗词作品，其中多与澳门历史文化、民风民俗有关。曾协助叶恭绰编纂《全清词钞》，采辑粤地清词。夏敬观《忍古楼词话》评曰："憬吾词致力姜、辛，自抒怀抱。其品概亦今日之邝湛若也。"有《雨屋深灯词》一卷、《续稿》一卷。

浣溪沙

一代伤心杜牧之。罪言微意几人知①。青楼但赏冶春词②。　偏是朱门多冷客③，纵非红豆亦相思。绮愁如梦鬓如丝④。

【注释】①"罪言微意几人知"：杜牧《罪言》一书的深意又有多少人能明白呢？《新唐书·杜牧传》："刘从谏守泽潞，何进滔据魏博，颇骄蹇不循法度。牧追咎长庆以来朝廷措置亡术，复失山东，钜封剧镇，所以系天下轻重，不得承袭轻授，皆国家大事。嫌不当位而言，实有罪，故作《罪言》。""罪言"：奏议或议论时政得失的文章。
　　②"青楼但赏冶春词"：人们只赏识杜牧描写青楼的诗歌。杜牧《遣怀》有"十年一觉扬州梦，赢得青楼薄幸名"诗句。

③"朱门":指古代王侯贵族的府第大门漆成红色,以示尊贵,后泛指富贵人家。"冷客":指偶尔来访的客人,犹言"稀客"。

④"绮愁如梦鬓如丝":化用范成大《再试茉莉二首》(其二)"花香如梦鬓如丝"诗句。"绮愁":指相思之愁。

朱青长

朱青长(1861—1947)，字笃臣，号还斋、天顽，四川江安(今属宜宾)人。清光绪二十九年(1903)举人。入民国，受聘国史馆总顾问。民国十六年(1927)，在成都高等师范中文系讲授宋词。有《北来词稿》等。

山花子

冷雨微风不解愁，凄凉人正入新秋。回首长江无一浪，向西流①。　乡路八千云黯黯，柔肠千折恨悠悠。天外夕阳红尽处，是江洲②。

【注释】①"回首长江无一浪，向西流"：回看长江，没有一朵浪花会向西奔流。化用白居易《得行简书闻欲下峡先以诗寄》"欲寄两行迎尔泪，长江不肯向西流"诗意。

②"天外夕阳红尽处，是江洲"：天边被夕阳映红的地方，便是我牵挂的那一片江洲。化用宋张舜民《卖花声·题岳阳楼》"回首夕阳红尽处，应是长安"词意。

丁立棠

丁立棠(1861—1918),字禾生,号䎐斋,江苏镇江人,清末贡生。丁绍昌子。清咸丰年间因避洪杨战乱,丁绍昌、丁绍周、丁绍韩三兄弟迁至东台,建寓所"丁氏南园"。入民国,丁立棠任职于东台县民政署。20世纪30年代初,丁家后人均已外出谋生,"丁氏南园"委托同为镇江人的杨世沅看管。有《寄沤词》一卷,与杨世沅《止厂词》合刊。

浪淘沙
辛亥仲春,京口寓楼临眺①

晓起凭江楼,一豁尘眸②。春来底事冷于秋③。堤上绿杨风雨里,尽著飕飚④。 峰影峙中流⑤,几点沙鸥。可能容我弄扁舟⑥。苦念家山无限好⑦,对此翻愁⑧。

【注释】①"辛亥仲春":1911年春季第二个月。"京口":今江苏镇江。
②"晓起凭江楼,一豁尘眸":清晨起来靠着江边的小楼,睁大双眼观望。"一豁尘眸":张开眼睛。"尘眸":谦指自己的眼光、视野。元范康《陈季卿误上竹叶舟》(第一折)有"暇日相携登眺,凭高处共豁吟眸"句。
③"春来底事冷于秋":明明已经是春天,却为何比秋天还冷。"底

事":为何事。

④"堤上绿杨风雨里,尽著飀飀":江堤上的绿杨树在风雨中经受着凛冽的寒气。"飀飀":形容寒气凛冽。

⑤"峰影峙中流":山峰的影子矗立水中央。

⑥"可能容我弄扁舟":能否允许我驾一只小船。"可能":能否。

⑦"苦念家山无限好":无比想念家乡美好的一切。"苦念":形容十分想念。

⑧"对此翻愁":面对这样的情景,反而心生愁绪。表示"近乡情更怯"之意。"翻":反而。

南柯子　珠湖舟次晓起①

客里春将老②,愁时梦未酣。篷窗晓起怯衣单,都道昨宵风雨不胜寒③。　弱柳频吹折,夭桃半落残。多情燕子语呢喃。似说天涯帘幕总难安④。

【注释】①"珠湖":在江西省鄱阳县,原系鄱阳湖东部一大湖汊。"舟次":行船途中。

②"客里春将老":离乡在外,春天即将消逝。宋曾允元《点绛唇》(一夜东风)有"来是春初,去是春将老"词句。

③"都道昨宵风雨不胜寒":都说昨晚的风雨寒冷得让人难以忍受。明李东阳《柯敬仲墨竹》有"满堂风雨不胜寒"诗句。

④"似说天涯帘幕总难安":好像在诉说走遍天下,仍难找到安身的地方。

杨世沅

杨世沅（？—1914），字芷湘，号蘅皋，江苏镇江句容人，侨居东台。官内阁中书、徐州府教谕。其子杨浣石在《自传》中曰："本人祖籍原是句容，先辈于太平天国时迁往兴化、东台经营商业（久经停止）。自本人起迁往泰州市居住，迄今已有三十五年。"有《止厂词》一卷（与《寄沤词》一卷合刊行世）。

一剪梅　别意

南浦骊歌不忍闻[①]。酒渍衫痕，泪渍衫痕。归来花落掩重门。茶也慵温，香也慵温。　　帘外斜阳天外云。竹影人人，雁影人人。江南江北总黄昏。马上销魂，楼上销魂。

【注释】①"南浦骊歌不忍闻"：南边渡口的离别之歌让人不忍心再听闻。"骊歌"："骊驹之歌"的简称，指告别之歌。唐李毅《浙东罢府西归酬别张广文皮先辈陆秀才》有"相逢只恨相知晚，一曲骊歌又几年"诗句。

蝶恋花　送春

彻夜子规啼到晓。无计留春，空自回廊绕[①]。

庭院深深人杳杳,荼蘼满架都开了^②。 爱惜韶光须及早。绿易成阴,换却朱颜好^③。蹙损眉峰闲著恼^④,乱红堆径无人扫^⑤。

【注释】①"空自回廊绕":白白地沿着回廊转圈。化用唐白居易《清明夜》"独绕回廊行复歇"句。

②"荼蘼满架都开了":整个花架上的荼蘼花都开放了。化用宋洪咨夔《雪叹二绝》"荼蘼满架与争春"诗句。

③"绿易成阴,换却朱颜好":随着时间的流逝,树木长大,绿叶成荫;岁月增长,容颜变老。

④"蹙损眉峰闲著恼":轻皱眉头,满脸烦恼。宋卢炳《贺新郎》(绿遍芳郊木)有"恐教人、蹙损眉峰绿"词句。

⑤"乱红堆径无人扫":落花堆满了小路,无人清扫。袭用宋无名氏《点绛唇》(莺踏花翻)"乱红堆径无人扫"。

王　渭

王渭(1863—1942),字亿莪,号孟培,江苏奉贤(今属上海)人。曾任肇文学堂堂长。入民国,曾发起重修奉城北门万佛阁。1924 年,为王渭的花甲之年,他将自己的词作裒辑成集,取名为《花周集》。

虞美人　　怀旧

情场回首欢多少,一霎红颜老。无言兀自暗消魂,泪湿江州司马故衫痕①。　　繁华旧梦尊前误,对影愁难诉。珠帘寂寞卷高楼,看遍花开花落几春秋。

【注释】①"泪湿江州司马故衫痕":泪水湿透了身上的旧衣衫。化用唐白居易《琵琶行》"座中泣下谁最多,江州司马青衫湿"诗意,只是将"青衫"换作"故衫"。然"故衫"也当借用白居易《故衫》诗而来。白居易《故衫》诗,借咏一件旧衫来寄托身世感慨。由此可推测,王渭此词虽以"情场回首欢多少"起头,实则也当蕴含其身世之感。

卜算子　　风筝①

身段太轻盈,欲去回头顾。借得春郊一缕风,便上青云路②。　才遇好风吹，又被狂风误。错道吹来一样风③，两样升沉数④。

【注释】①"风筝"：咏风筝。表达对命运沉浮的感触。

②"青云路"：比喻谋求高官显爵的途径。典出《史记》卷七十九《范雎蔡泽列传》。唐张乔《别李参军》诗："静想青云路，还应寄此身。"

③"错道"：交错的道路。与上文"青云路"形成对照。

④"两样升沉数"：两种不同的命运起伏。"数"：命运，天命。

行香子　闺情

月满高楼。长夜悠悠。悄怀人、霜逼帘钩。罗衾忒薄，默数更筹①。正角声远，风声劲，雁声稠。

倦眼慵揉，事系心头。问何时、夫婿归舟②。阵云压塞，浪说封侯。只一回想，一回恨，一回愁。

【注释】①"更筹"：古代夜间报更用的计时竹签。借指时间。宋欧阳澈《小重山》词："无眠久，通夕数更筹。"

②"问何时、夫婿归舟"：问丈夫何时乘船归来。结合下文"浪说封侯。只一回想，一回恨，一回愁"，可视为唐王昌龄《闺怨》诗中"忽见陌头杨柳色，悔教夫婿觅封侯"的另一种表达方式。

廖恩焘

廖恩焘(1864—1954),字凤书、凤舒,号忏庵、忏绮庵主人,广东惠阳(今属惠州)人,国民党元老廖仲恺之兄。长期从事外交,曾担任驻古巴、日本、朝鲜等国领事、公使等职务。晚年专心诗词创作。著有《忏庵词》《续集》《半舫斋诗余》《扪蝨谈室词》《影树亭词集》等。

遐方怨　忆旧

花窈窕,柳娇娆。记得月明,那人楼头吹玉箫。如今楼在已人遥。独留团扇月,照斜桥。

阮郎归

恨深如海倩谁填。衔石鸟飞天①。梦中说不尽缠绵。须凭筝雁传②。　尘世上,几桑田。秋风纨扇捐③。无书娇眼望将穿。书来翻惘然④。

【注释】①"衔石鸟飞天":用《山海经·北山经》"精卫填海"典。

②"须凭筝雁传":须借助古筝之声才能表达。"筝雁":因筝柱斜列如

雁行,故称。元张可久《迎仙客·春晚》:"帘卷轻寒,玉手调筝雁。"

③"秋风纨扇捐":秋风送凉,精美的绸扇就被弃置。常以比喻女子色衰失宠。

④"无书娇眼望将穿。书来翻惘然":书信未来时,望眼欲穿。收到书信后,却更迷惘。

李宝淦

李宝淦(1864—1919),字经畦,又字经彝,号汉堂,晚号荆遗,室名濯缨室,武进(今属常州)人。李宝嘉(1867—1906)堂兄弟。有《问月词》一卷。

双荷叶　秦淮怀古

秋寂寂,秦淮一片伤心碧①,伤心碧。板桥衰柳,绿波朝汐。　六朝往事空陈迹,江山如此繁华息②。繁华息。画船箫鼓,断肠词客。

【注释】①"秦淮一片伤心碧":秦淮河的两岸,全是惹人伤感的翠绿苍碧。化用唐李白《菩萨蛮》(平林漠漠烟如织)"寒山一带伤心碧"词句。
②"繁华息":繁华褪却。

浣溪沙

漠漠轻苔上短墙。披襟闲坐绿阴凉①。新蝉声里半斜阳②。　栀子有情含粉泪③,芭蕉无语展柔肠④,晚来风雨过横塘。

【注释】①"披襟闲坐绿阴凉":敞开衣襟,闲坐在树下乘凉。

②"新蝉声里半斜阳":夕阳在初夏的蝉鸣声中缓缓落下。化用五代词人毛文锡《临江仙》"暮蝉声尽落斜阳"词句。

③"栀子有情含粉泪":多情的栀子花满含水珠,犹如伤心眼含泪水。

④"芭蕉无语展柔肠":芭蕉树悄无声息地展开柔肠般的叶子。这两句化用唐韩愈《山石》"芭蕉叶大栀子肥"诗句。

程颂万

程颂万（1865—1932），字子大，一字鹿川，号十发居士，湖南宁乡人。屡试未第，曾充湖广抚署文案。晚年曾寓居上海，与陈三立、夏敬观、朱祖谋等交善。诗词文均有造诣。与汉寿易顺鼎、长沙曾广钧被称为"湖南三大诗人"。有《定巢词》等。

桃源忆故人
桃源春泛仿李昭道①

凡夫不称桃花意②。放出渔翁头地③。篙下一溪春水，是古人新泪④。　水脂山黛真罗绮⑤。鸡犬也争闲气。规往画中诗里⑥。笑辋川徒弟⑦。

【注释】①"桃源春泛仿李昭道"：仿照唐代画家李昭道，以春天泛舟桃花源为题材。李昭道（675—758），字希俊，陇西成纪（今甘肃省秦安县）人。唐太祖李虎六世孙，彭国公李思训之子。画家。传世作品有《春山行旅图》等。据此可知此词为程颂为自画《桃源春泛图》所题之词。"仿李昭道"者，为仿李昭道之画，非李昭道之词。

②"凡夫不称桃花意"：有个凡夫俗子人生不甚得意。这里的"凡夫"，当为作者自指。"桃花意"：喻指美好人生。此句点明词序"桃源春泛"题意。

③"放出渔翁头地"：避开渔翁，让其高出众人一头之地。出人头地，语出宋欧阳修《与梅圣俞书》："读轼（苏轼）书，不觉汗出。快哉快哉！老夫当避路，放他出一头地也。"意思是当避开此人让其高出众人一头之地，后以之比喻高人一着。

④"篙下一溪春水，是古人新泪"：将溪中的水比作伤心人的泪水，当借鉴辛弃疾《菩萨蛮·书江西造口壁》中"郁孤台下清江水，中间多少行人泪"手法。

⑤"水脂山黛真罗绮"：柔滑的水波，黛青色的山峰，犹如绸缎一样美丽。喻指桃花源山水美景。

⑥"鸡犬也争闲气。规往画中诗里"：鸡犬也被纳入诗画作品中，以表现诗人画家的闲适情趣。陶渊明《归园田居》（其一）有"狗吠深巷中，鸡鸣桑树颠"诗句。

⑦"辋川徒弟"：作者自指。"辋川"：位于陕西蓝田县境内。《新唐书·王维传》记载："（辋川）地奇胜，有华子冈、欹湖、竹里馆、柳浪、茱萸游、辛夷坞，与裴迪游其中，赋诗相酬为乐。"王维画学李昭道，程颂万画仿李昭道，相互之间颇有渊源，而王维在创作《辋川图》时，又运用诗歌、音乐、绘画等艺术手段，与道友裴迪在辋川别墅"弹琴赋诗""啸咏终日"。两人为辋川二十景各写了一首五言绝句，共四十首集成了《辋川集》。《辋川图》因此也开启了后人诗画并重的先河。程颂万既仿李昭道作《桃源春泛图》，又为该画作此《桃源忆故人》词，便是对王维既画《辋川图》又作《辋川集》这一创作传统的继承。故自称"辋川徒弟"。

王守恂

王守恂(1865—1936),字仁安,又字讱庵,晚署拙老人,天津人。清光绪进士。授刑部山西司主事。入民国,曾任内务部顾问兼行政咨询特派员、浙江钱塘道尹。与同在杭州的李叔同往来颇多,有《虎跑寺赴李叔同约往返得诗二首》(见《王仁安集·仁安诗稿》卷十七)。后辞官归隐,组织城南诗社和崇化学会。与严范孙、赵幼梅被称为"津门诗坛三杰"。有《仁安词稿》二卷。

清平乐　怀人

挽春难住,再见全无路。当日雪天离别处,悔不许君同去①。　回头京国迢迢,衣边洒泪都消。谁道渐疏渐远②,思君暮暮朝朝。

【注释】①"悔不许君同去":后悔没让你与我同行。
②"谁道渐疏渐远":谁说相距渐渐疏远,两人的感情也会渐渐淡薄。

唐多令　无题

何处得重逢。相期在梦中。见时应笑已成

翁①。更祝长宵天不曙，休易到、晓窗红②。　幻迹总成空③。芳心谁与同。菊花篱落又霜风。自料故人无信使，莫天外、盼归鸿④。

【注释】①"见时应笑已成翁"：再次相见时，该笑我已成老翁。化用明徐渭《题葡萄图》"半生落魄已成翁"诗句。

②"更祝长宵天不曙，休易到、晓窗红"：但愿夜更长，天不亮，也不要让曙光轻易映红小窗。表示强烈的挽留之情。

③"幻迹总成空"：梦想中的事情总是落空。

④"自料故人无信使，莫天外、盼归鸿"：自知友人没有安排送信的人，也就不敢盼望鸿雁来传情。

忆旧游

听钟鸣萧寺，犬吠柴门①，又是深宵。更掩书枯坐②，知檐前林外，月落天高。新霜今夜初冷，酒力复全消③。趁此炉烬灰寒，灯昏影黯，情味萧条。

无聊。谁知我，置身天外，独立当霄。脱世间烦恼，咏游仙诗句，不读《离骚》。赏音欲问谁是④，尘俗已寥寥⑤。且直上青云，天风送我吹玉箫⑥。

【注释】①"听钟鸣萧寺，犬吠柴门"：听见佛寺传来的钟声和农家院中的狗叫声。"萧寺"：佛寺。唐李肇《唐国史补》卷中："梁武帝造寺，令萧子云飞白大书'萧'字，至今一'萧'字存焉。"后因称佛寺为萧寺。"犬吠柴门"：化用唐刘长卿《逢雪宿芙蓉山主人》"柴门闻犬吠"诗句。

②"掩书枯坐"：合上书本，默默静坐。

③"酒力复全消":酒劲又都消失了。化用宋苏轼《南乡子·重九涵辉楼呈徐君猷》"酒力渐消风力软"诗句。

④"赏音欲问谁是":想知道谁才是真正的知音。

⑤"尘俗已寥寥":世俗的念头已寥寥无几。

⑥"天风送我吹玉箫":天上的清风助我吹出非凡的箫声。

周庆云

周庆云(1866—1934),字景星,号湘龄,别号梦坡,浙江吴兴南浔(今属湖州)人。清光绪七年(1881)秀才,后以附贡授永康教谕,例授直隶知州,均未就任。为南浔巨富。章太炎《吴兴周君湘龄墓志铭》曰:"清世膏腴之家,亦颇有秀出者。往往喜宾客,储图史,置酒作赋,积为别集,以异流俗。行文之士犹蔑之,谓其以多财,著书大抵假手请字,无心得之效也。吾世有吴兴周子者,独异是。"著有《浔溪词征》二卷、《两浙词人小传》十六卷等。

永遇乐
题林蔚文《永川遇匪记》①

烟密藏箐,径荒丛棘,人世何处②。度栈猿愁,当关虎猛,真应青莲句③。吟边多少,蕙心兰思,换得惨春愁绪④。惊魂定、渝楼试酒,剪烛翠窗残雨。奇峰峭壁,芳洲繁绣,带水枕山如故。沉日昏鸦,冲风冷雁,多事流光误。恒沙劫影,蛮花红泪⑤,听遍杜鹃啼苦。认啼痕、巴江浪涨,又传戍鼓⑥。

【注释】①"林蔚文":林振翰(1884—1932),字修文,号蔚文,宁德人。盐政专家、翻译家。1911年翻译出版《世界语》,是我国第一个将世界语引进国内的学者。同时,还是我国近代著名盐务专家,著有《川盐纪要》《浙盐纪要》《淮盐纪要》等。《永川遇匪记》当为其在川蜀调查盐政时所作。

②"烟密藏箐"三句:烟雾笼罩的竹林山谷,荆棘丛生,荒无人烟。"箐":山间的大竹林,泛指树木丛生的山谷。

③"度栈猿愁"三句:无论是栈道还是关隘,即使是灵巧的猿猴和凶猛的老虎也会发愁。真的应验了李白的诗句。"青莲":李白,号青莲居士。李白《蜀道难》有"然后天梯石栈相钩连。上有六龙回日之高标,下有冲波逆折之回川。黄鹤之飞尚不得过,猿猱欲度愁攀援",以及"一夫当关,万夫莫开。所守或匪亲,化为狼与豺。朝避猛虎,夕避长蛇"诸诗句。

④"吟边多少"三句:吟咏中产生强烈的愁绪。"蕙心兰思":蕙、兰,都是香草名。蕙草样的心地,兰花似的思绪。唐王勃《七夕赋》有"金声玉韵,蕙心兰质"词句。

⑤"蛮花红泪":蛮地盛开的鲜花令思妇泪流不止。喻指男子在边地守关,女子在家思念。"蛮花":蛮地的花。唐李商隐《和孙朴韦蟾孔雀咏》:"瘴气笼飞远,蛮花向坐低。""红泪":思妇的泪水。东晋王嘉《拾遗记》记载,魏文帝曹丕所爱的美人薛灵芸离别父母登车上路之时,用玉唾壶承泪,壶呈红色。及至京师,壶中泪凝如血。后世因而称女子的眼泪为"红泪"。

⑥"认啼痕"三句:伤心的泪痕为守卫边关的战士而流。"认啼痕":唐吴融《秋闻子规》有"正是西风花落尽,不知何处认啼痕"诗句。"巴江浪涨,又传戍鼓":喻指战事又起,战鼓又响。"戍鼓":驻边军士击鼓传出的鼓声。

黄　人

　　黄人（1866—1913），字摩西，江苏常熟人。光绪七年（1881）中秀才，后乡试屡不举。1900 年，任教于东吴大学。1907 年，主编《小说林》杂志。1909 年，在苏州加入刚成立的"南社"。善诗词，作品多见于《南社丛刊》中。

清平乐

　　水长山远，苦劝征帆缓。芳草粘天花夹岸^①，中有销魂深院。　相思侬与伊惟，化为蝴蝶双飞^②。只怕啼鹃多事，又从梦里催归^③。

【注释】①"芳草粘天花夹岸"：芳草连天，鲜花开满河的两岸。宋张子定《兴庆池禊宴》："歌吹满舡花夹岸，酒帘无处不留人。"

　　②"化为蝴蝶双飞"：化作两只蝴蝶比翼齐飞。此句当糅合了化蝶与比翼双飞两个典故。化蝶意象，可溯源至《庄子·齐物论》中"庄周梦蝶"之典。双飞之鸟，最早见之于《尔雅·释地》记载："南方有比翼鸟焉，不比不飞，其名谓之鹣鹣。"

　　③"只怕啼鹃多事，又从梦里催归"：只恐怕啼鹃多事，把我叫醒，催我回家。化用明王行《踏莎行·写怀》"客怀幸自不禁愁，啼鹃又恁催归去"词意。或可视作对《西厢记·长亭送别》"恨相见得迟，怨归去得疾"的演绎。

水调歌头

客里阴晴态,斟酌早秋寒。天教此身闲着,小住雁来前①。随意幽花数朵,立向苔阶微嗅,也不忆春妍。旁有无名草,风致亦嫣然。　鸟梦外②,虫声里,一庭烟。倚墙丑石,如画相伴已三年③。此际虎丘塘上④,处处画船载酒,冷趣有谁怜⑤。六代旧明月,期我碧云间⑥。

【注释】①"雁来前":大雁归来前。指秋天。清钱维乔《南柯子》:"雁来时候燕归前,赢得一灯如豆伴孤眠。"

②"鸟梦外":没有进入鸟的梦中。这里,词人将其与"虫声"相对。也有将"鸟梦"与"花魂"相对,如清陈衍虞《准提阁夜宿》:"鸟梦缘铃短,花魂借露红。"又,清胤禛《百花亭春咏》:"月上海棠惊鸟梦,雨来庭院浴花魂。"又,清王策《飞雪满群山·咏烟用〈湘瑟词〉韵》:"荡漾花魂,低迷鸟梦。"

③"倚墙丑石,如画相伴已三年":倚墙的丑石犹如一幅图画,与我相伴已有三年。此句以"丑石如画"的审美情趣,与上文"旁有无名草,风致亦嫣然"相呼应。可与苏轼《咏怪石》等相参照。

④"虎丘塘":古代由浒墅关进入苏州城的交通要道有"正道"与"间道"两条。"正道"由枫桥镇经上塘河入苏州城;"间道"由虎丘塘泾入苏州城。清吴蔚光《江南好》词曰:"江南好,最好虎丘塘。茉莉串成球一个,芭蕉镶就扇双行。桥口水风凉。"

⑤"冷趣有谁怜":有谁还喜爱清冷的格调。与上句"处处画船载酒"作对比。"冷趣":明冯梦龙《戴清亭》有"老梅标冷趣,我与尔同清"诗句,喻指冰清玉洁的品格。

⑥"六代旧明月,期我碧云间":往日的明月与我相约在云间相会。申足上句的"冷趣"。唐李白《登敬亭北二小山余时送客逢崔侍御并登此地》:"帝乡三千里,杳在碧云间。"又,宋吕定《浴日亭和苏学士韵》:"遥望蓬莱宫阙晓,一轮飞挂碧云间。"

曾习经

曾习经(1867—1926)，字刚甫，号蛰庵，广东揭阳人。光绪庚寅(1890)进士。历官度支部右丞。与梁鼎芬、罗惇曧、黄节等人号称"岭南近代四家"。其生前亲手誊写定稿的《蛰庵诗存》一卷，由叶恭绰影印传世。倚声之作有《秋翠斋词》一卷，朱孝臧收进《彊村丛书·沧海遗音》中，改名为《蛰庵词》。另有《蛰庵文存》一卷，但未刊印。

清平乐

舞衣歌扇，除向津亭见①。春色深深人近远，梦里微闻低唤②。　珠帘双燕还家③。银屏昨夜天涯④。说与一春幽恨⑤，东风漂泊杨花⑥。

【注释】①"舞衣歌扇，除向津亭见"：身着舞衣，手持歌扇，赶往渡口的亭子与你相会。化用北宋晏几道《生查子》"轻轻制舞衣，小小裁歌扇。三月柳浓时，又向津亭见"诸句词意。"津亭"：渡口的亭子。

②"梦里微闻低唤"：梦中听到低声呼唤。化用清纳兰性德《金缕曲》(生怕芳樽满)"向梦里，闻低唤"词意。

③"珠帘双燕还家"：燕子双双穿过珠帘回到家里。南唐冯延巳《采桑子》(小庭雨过春将尽)："玉堂香暖珠帘卷，双燕来归。"

④"银屏昨夜天涯"：一起相处在屏风下的人，昨夜已远走天涯。与上句"珠帘双燕还家"形成对比。燕子况且知道回家，心中牵挂的人却还在远方。宋晏殊《清平乐》(金风细细)："双燕欲归时节，银屏昨夜微寒。"

⑤"说与一春幽恨"：与谁诉说伤春之苦。宋胡仲弓《寄意三绝》："一春幽恨无人共，手捻梨花肠断时。"

⑥"东风漂泊杨花"：杨花在春风里漂泊不定。明陈子龙《浣溪沙·杨花》："怜他飘泊奈他飞。"

尉迟杯
题半塘老人《春明感旧图》①

长安路，渐岁晚、哀乐伤如许。深深径草人稀，愁送流光轻羽。凝尘画壁②，谁记省，时共欢聚？黯清怀、泪墨空淹③，小窗还展缃素④。　因念九陌生尘⑤，几题叶吹花、胜事如故⑥。最苦山阳闻夜笛⑦，仍惯见、河桥客去⑧。如今向、天涯海角，迢遥夜、商歌独自语⑨。便相思、断袂零襟⑩，梦魂空凭凝伫。

【注释】①"半塘老人"：王鹏运，自号半塘老人。"春明感旧图"：王鹏运作。当时为此画题词的有朱祖谋《绮寮怨·为半塘翁题〈春明感旧图〉》、吴庆焘《南浦·题王佑遐前辈〈春明感旧图〉》、夏孙桐《瑞鹤仙·王半塘〈春明感旧图〉》等，题诗的有陈曾寿《题〈春明感旧图〉》等。

②"凝尘画壁"画壁上积满了灰尘。

③"泪墨"：挥泪作墨。唐孟郊《归信吟》："泪墨洒为书，将寄万里亲。"

④"缃素"：浅黄色的绢帛。古时多用以书写。这里指书卷、书籍。

⑤"九陌生尘"：都城大道上来人往，尘土飞扬。"九陌"：汉长安城

中的九条大道。后泛指都城大道和繁华闹市。

⑥"几题叶吹花、胜事如故":多少次题叶传情,吹花嬉戏,美好的时光依旧。化用宋晏几道《满庭芳》(南苑吹花)"南苑吹花,西楼题叶,故园欢事重重"词意。

⑦"最苦山阳闻夜笛":最痛苦的莫过于深夜听到悲凉的笛声。"山阳闻笛":典出向秀《思旧赋》,喻指怀念故友。

⑧"河桥客去":在河桥送客人远去他方。宋周邦彦《夜飞鹊》(河桥送人处):"河桥送人处,凉夜何其。"

⑨"商歌独自语":独自吟唱悲凉的歌。"商歌":悲凉的歌。商声凄凉悲切,故称。典出《淮南子》卷十二《道应训》。

⑩"断袂零襟":衣袖衣领都已残破不全。指家人分离,无人为其缝补,不免感到哀伤。故引出下文"梦魂空凭凝伫",梦中还在等待与家人相聚。南宋吴文英《三姝媚》(湖山经醉惯):"又客长安,叹断襟零袂,尘谁浣。"

王允皙

王允皙(1867—1929)，字又点，号碧栖，福建长乐(今属福州)人。清光绪举人，授建瓯教谕，官至婺源知县。诗词兼擅。与王鹏运、朱孝臧等唱酬，颇受推重。有《碧栖词》一卷。

浣溪沙

别梦凄清记未全。含啼人坐绿窗前①。自家赚与自家怜②。　无力层楼休更上，夕阳如水水如烟③。好春只在夕阳边④。

【注释】①"含啼人坐绿窗前"：思妇眼含泪水坐在卧室的窗前，独自伤心。五代韦庄《菩萨蛮》词："劝我早归家，绿窗人似花。""绿窗"：绿色纱窗，指女子居室。

②"自家赚与自家怜"：意谓自己给自己造成的现状，也只有自己怜惜自己。"赚"：获得。

③"夕阳如水水如烟"：夕阳像江湖之水一样无边无际，江湖之水又如烟雾一样飘忽不定。喻指眼前之景扑朔迷离，难以捉摸。

④"好春只在夕阳边"：春天美好的景色就在夕阳西下之处。暗指夕阳西下之际便是家人回归之时。

俞陛云

俞陛云(1868—1950),字阶青,别号乐静居士,浙江德清人。光绪二十四年(1898)中进士,参加殿试,与夏同龢、夏寿田同登戊戌科进士前三名,授编修。1912年,任浙江省图书馆监督(馆长)。1914年,被聘为清史馆协修,编修清史。卢沟桥事变后,俞陛云避居京郊寓所,卖字为生,以诗词书画自娱,直至1950年病逝。俞陛云幼承家学,受祖父俞樾指导,精于诗词。著有《乐静词初编》《二编》《小竹里馆吟草》《唐五代两宋词选释》等。

浣溪沙　归舟将近苏州

塔影迢迢落雁边。归心还在雁飞前。橹声轻缓怨长年。　小病悬知增疲态①,近乡翻觉损宵眠。镜中愁喜并眉尖。

【注释】①"悬知":料想,预知。

齐天乐

兵灾绵结，归路阻修。以工部之怀人兼太尉之伤乱^①，
出郊极目，以写我忧

关山直北烟尘际^②，危楼暮寒孤倚，茂苑清歌^③，
余杭残酒，都化一襟梦雨^④。堕欢飘羽。况腹痛回
鞭，西州故侣^⑤。荞麦摇青，荒陂凫雁自相语。　渊
明三径何处^⑥。泛波涛萍梗，身世焉寄？沧海鲸翻，
连城虎踞，莫问天涯行旅。瑶京信阻。任归燕巢
林，画堂谁主。掩抑湘弦^⑦，自笺离恨谱。

【注释】①"工部之怀人"：指唐杜甫的怀人之作，如《述怀》诗。

②"关山直北烟尘际"：北方战事不断，硝烟弥漫。化用杜甫《秋兴》
（闻道长安似弈棋）中的"直北关山金鼓振，征西车马羽书驰"诗意。杜甫
"关山直北"，指与北边回纥之间的战事。此句即呼应词序中"兵灾绵结"
一语。

③"茂苑"：繁花似锦的花园。

④"都化一襟梦雨"：都化作一腔烟雨。比喻往事如烟。

⑤"腹痛回鞭，西州故侣"：怀念故友。车过腹痛，出自《三国志·魏
志·武帝纪》，曹操年轻时，不为世人所重，唯受桥玄器重。建安七年
（202），曹操到睢阳（今河南商丘）治水，祭祀桥玄，并作《祀故太尉乔玄
文》，文中说："又承从容约誓之言：'殂逝之后，路有经由，不以斗酒只鸡相
沃酹，车过三步，腹痛勿怨。'虽临时戏笑之言，非至亲之笃好，胡肯为此
辞乎？"

⑥"渊明三径何处"：陶渊明笔下的小路在哪里。晋陶渊明《归去来兮
辞并序》有"三径就荒，松菊犹存"。这里词人以"三径何处"发问，表示想

要学陶潜隐居都无处可隐。故有下文"泛波涛萍梗,身世焉寄"诸句,写其四处漂泊。

⑦"掩抑湘弦":弹一曲低沉的湘弦曲子。"湘弦":即湘瑟,湘妃所弹之瑟。先秦屈原《远游》有"使湘灵鼓瑟兮,令海若舞冯夷"诗句。

邓邦述

邓邦述(1868—1939)，字正暗，号孝先，江宁(今南京)人。光绪二十五年(1899)进士，授翰林。1901年为端方幕僚。1905年奉派出国考察。1906年回国定居北京。1907年任吉林民政使。1911年辞官回北京。后移居祖籍地江苏吴县(今属苏州)，自号沤梦老人、群碧翁。喜藏书，搜购大量善本图书，筑群碧楼以藏。曾有印章曰："四十学书，五十学诗，六十学词，七十学画。"著有《沤梦词》四卷，辑有《六一消夏词》。

鹧鸪天　村居即事

桑叶参差豆叶齐。丝丝杨柳覆长堤。张帆估客通桥北①。举网渔郎向水西。　烟隐约，雨凄迷。侬家旧住若耶溪②。溪边不缉游春棹③，只有闲鸥自在栖④。

【注释】①"张帆估客通桥北"：商人们扬起风帆驶向桥北。"估客"：行商。明何景明《送卫进士推武昌》诗："仙人楼阁春云里，估客帆樯晚照余。"
②"侬家"：旧时女子称自己的家。元姚文奂《竹枝词》(其一)："侬家只在断桥边，劝郎切莫下湖船。""若耶溪"：今名平水江，位于绍兴境内。

③"溪边不绾游春棹"：溪边的杨柳系不住游春人乘坐的小船。"绾"：系住。

④"闲鸥自在栖"：像闲散的鸥鸟一样自在地栖息。喻指自己退隐后闲适自在的生活。

石湖仙　石湖春泛①

轻舟柔橹②。向烟浦明漪③，摇往深处。曾记月明中，按笙歌、桥边缓驻④。繁华疑梦，那胜似、绿波容与⑤。知否。正二分、景丽如许⑥。　词仙旧濡翠管，为梅花、殷勤咏赋⑦。到得而今，古曲犹存箫谱⑧。碧柳游丝，碧骢游侣。几回延伫。重领取，遥山正斗眉妩⑨。

【注释】①"石湖"：位于江苏省苏州古城西南。

②"轻舟柔橹"：形容船只在水中顺流而行。宋陈宓《题剑滩》："数声柔橹风雷外，一叶轻舟剑戟间。"

③"烟浦"：云雾迷漫的水滨。宋姜夔《石湖仙》（越调寿石湖居士）："松江烟浦。是千古三高，游衍佳处。""明漪"：明净的涟漪。

④"按笙歌、桥边缓驻"：小船缓缓地停靠桥边，船上的歌女吹着笙曲。

⑤"绿波容与"：水波起伏动荡。《楚辞·九章·涉江》："船容与而不进兮，淹回水而凝滞。"郁达夫《无题》诗之二："绿波容与漾双鸥，触我离怀万里愁。"

⑥"正二分、景丽如许"：形容春天的美好景色。点明词序"泛春"主题。"正二分"：当化用苏轼《水龙吟·次韵章质夫杨花词》"春色三分，二分尘土，一分流水"表现手法。

⑦"词仙旧濡翠管，为梅花、殷勤咏赋"：指姜夔创作《暗香》《疏影》等

歌咏梅花题材的词作。"词仙":这里指姜夔。也沿用姜夔《翠楼吟》(月冷龙沙)中"此地宜有词仙,拥素云黄鹤,与君游戏"的表达方式。"旧濡翠管":昔日提笔创作。宋李从周《鹧鸪天》有"濡毫重拟赋幽怀"词句。

⑧"到得而今,古曲犹存箫谱":指流传至今的标注有"旁谱"的《白石道人歌曲》六卷。其中的代表曲即有《疏影》《暗香》等。

⑨"重领取,遥山正斗眉妩":再次欣赏到远处的山脉,如女子弯月般的黛眉,美丽动人。化用宋袁去华《瑞鹤仙》(郊原初过雨)"映浓愁浅黛,遥山眉妩"词句。

蔡宝善

蔡宝善（1869—1939），字师愚，号孟庵，浙江德清人。清光绪二十九年（1903）经济特科乙等及第。历任京师大学堂提调等职。入民国，历任浙江海宁县知事、江苏省政务厅厅长等职。1920年起卜居苏州沧浪亭畔，与张仲仁、费仲深、邓孝先等缔结词社。抗战爆发，避居上海。著有《观复堂诗集》《听潮音馆词集》《沧浪渔笛谱》等。

浣溪沙　湖上纪游①

才过苏堤又白堤。垂杨拂水女墙低②。倚天楼阁与云齐③。　帘幕开时归燕喜。筝弦响处纸鸢飞。全家罗袜踏青回。

【注释】①"湖上"：据首句"才过苏堤又白堤"可知，为西湖。

②"女墙"："女儿墙"的简称，是指建在城墙顶部内外沿上的挡墙。

③"倚天楼阁与云齐"：形容建筑高耸。宋杨万里《题永新吴景苏主簿梯云楼》有"谁道青云不可梯，君家楼阁与云齐"诗句。

西子妆　西湖

孤艇冲波，垂杨系马，梦里看花如雾。西溪西去小桥湾，怅何时、浣纱人去①。流莺自语②。浑不似、当时眉妩。向坡仙，问淡妆浓抹，如今宜否③。

清游误④。几处楼台，几处污尘土⑤。六桥风景认依稀⑥，载春归、画船箫鼓。珠歌翠舞。叹如此、湖山谁主⑦。更销魂、一抹零烟断雨⑧。

【注释】①"浣纱人去"：牵挂的人离我远去。唐王轩《题西施石》有"今逢浣纱石，不见浣纱人"句。

②"流莺自语"：黄莺独自鸣叫。宋刘埙《天香》："愁听流莺自语，叹唐宫、草青如许。"

③"向坡仙，问淡妆浓抹，如今宜否"：问苏轼，如今的西湖是否依旧晴雨皆美。"坡仙"：指苏轼。苏轼《饮湖上初晴后雨》曰："水光潋滟晴方好，山色空蒙雨亦奇。欲把西湖比西子，淡妆浓抹总相宜。"

④"清游误"：耽误了清雅的游赏。"清游"：清雅游赏。宋刘子才《兰陵王·赋胡伯雨别业》："残碑藓痕积。记当日清游，夫君题墨。"

⑤"几处污尘土"：比喻污染心灵的名利之类的身外之物。上句"清游误"的进一步描写。即游非所游之意。宋苏轼《中隐堂诗》："王孙早归隐，尘土污君袍。"

⑥"六桥"：指杭州西湖苏堤上的六座桥。分别是映波、锁澜、望山、压堤、东浦、跨虹。宋苏轼《轼在颍州与赵德麟同治西湖湖成德麟有诗见怀次韵》有："六桥横绝天汉上，北山始与南屏通。"

⑦"湖山谁主":谁是这西湖山水的主人。

⑧"更销魂、一抹零烟断雨":缕缕烟雾,丝丝细雨,让人伤感万分。此句以景结情,与开篇的"孤艇冲波,垂杨系马,梦里看花如雾"相呼应。

梁文灿

梁文灿(1869—1928)，字质生，山东潍县(今潍坊)人。清光绪二十年(1894)进士。授翰林院编修，先后任浙江道、福建道监察御史。著有《蒙拾堂词稿》等。丁锡田《蒙拾堂词稿叙》记曰："先生遗著尚有诗稿、骈文、随笔若干卷，所选《宋金元怀古词辑》四卷，藏于家中。"

人月圆
故乡一别，已廿四年矣，风景依然，感而赋此

十年不到城南路，细草起平沙①。杏梢红畔，帘痕白处，买酒谁家。　暮春天气，闲愁心绪，迟日西斜。小桥流水，两行垂柳，数点栖鸦。

【注释】①"细草起平沙"：辽阔的沙地上长满了细草。为上句"城南路"远望之景。宋俞灏《点绛唇》(欲问东君)："细草平沙，愁入凌波步。"

徐　珂

　　徐珂(1869—1928)，原名昌，字仲可，浙江杭县(今杭州)人。光绪十五年(1889)举人，与蔡元培、张元济、梁启超等为同年。1901年在上海担任《外交报》《东方杂志》编辑，1902年任上海商务印书馆编辑。1911年，在《东方杂志》杂志社任职。诗词文皆可观，尤喜填词。曾自述随谭献学词经历曰："光绪己丑(1889)珂自余姚还杭，应秋试。师方罢官里居，以通家子相见礼上谒。师奖勉殷拳，纳之门下。越二年，为辛卯，师点定寄还，即师加墨之行卷也。"著有《纯飞馆词》《清代词学概论》《历代词选集评》等。

浣溪沙

　　帘幕东风燕子还①。轻阴常是傍阑干。更无人与说春寒。　　飞絮满庭尘影淡。落花堆砌泪痕斑②。待看斜日上屏山。

【注释】①"帘幕东风燕子还"：燕子乘着春风，从帘幕间飞了回来。吴处厚《青箱杂记》卷五引晏殊诗句："楼台侧畔杨花过，帘幕中间燕子飞。"
　　②"落花堆砌泪痕斑"：地上落花堆砌，脸上泪痕斑斑。化用唐韦庄《木兰花》(独上小楼春欲暮)"坐看落花空叹息，罗袂湿斑红泪滴"词句。

清平乐

残红恋树①,尽意留春住。梁燕归迟谁共语。满目游丝飞絮②。　高楼银烛金尊。何时旧梦重温。多少惜花心事,闲庭偏又黄昏。

【注释】①"残红恋树":花叶虽已凋落却仍依恋着树枝。宋欧阳铁《绝句》:"恋树残红湿不飞。"

②"满目游丝飞絮":放眼全是游动的蛛丝和飘飞的柳絮。形容与人分别时的内心感受。宋周紫芝《踏莎行》(情似游丝)有"情似游丝,人如飞絮"句,前句喻情之牵惹,后句喻人之飘泊。

浣溪沙

憔悴江湖载酒游①。橹枝摇梦过扬州。蘋花零乱作深秋。　塔影斜阳山外寺②,箫声明月水边楼③。绮怀忏尽却成愁④。

【注释】①"憔悴江湖载酒游":疲倦地乘坐在装满美酒的小船上,漫游江湖。宋陈与义《浣溪沙》有"万里江湖憔悴身"词句。清纳兰性德《浣溪沙》有"十里湖光载酒游,青帘低映白蘋洲"词句。

②"塔影斜阳山外寺":山外寺院的塔影,在夕阳下依稀可见。唐张继《城西虎跑寺》有"出涧泉声细,斜阳塔影寒"句。

③"箫声明月水边楼":明月照耀下的河边小楼,箫声悠扬。

④"绮怀忏尽却成愁":带着忏意,刚陈述完心中的风月情怀,全都变成愁绪。"绮怀":风月情怀。

洪汝闿

洪汝闿(1869—?)，字泽丞，号勺庐，安徽歙县人。夏敬观《忍古楼词话》评曰："诸词雄浑蕴藉，兼而有之，洵倚声家之上乘也。"著有《勺庐词》。

采桑子　枕上追忆旧游

词人都爱西湖好，水抱山环。处处雕阑，肯放吟身一日闲①。　衰年怕唱屯田句②，桂老荷残③。画里吴山，问有何人立马看④。

【注释】①"吟身"：吟唱的人。这里是诗人自称。宋徐集孙《官舍双桂》有"好梦偏为蛩叫破，吟身那似蝶飞轻"。

②"屯田句"：指北宋词人柳永的词。柳永以屯田员外郎致仕，世称柳屯田。

③"桂老荷残"：柳永《望海潮》(东南形胜)"有三秋桂子，十里荷花"句。

④"画里吴山，问有何人立马看"：如今有谁在面对图画中的吴山美景时，也会有当年完颜亮那样的雄心，将吴山纳入自己的版图。据南宋罗大经《鹤林玉露》卷一所载，金海陵王完颜亮读罢柳永《望海潮》一词，深感杭州之美，"遂起投鞭渡江、立马吴山之志"，隔年以六十万大军南下攻打宋朝。

长亭怨慢

是何处、渔阳鼙鼓？惊破华清，霓裳歌舞①。细柳新蒲，眼看春去，曲江路②。玉京人老，问花事、今谁主③？唱罢董逃行④，更魂断、津桥鹊语⑤。 情苦，听秋坟雨泣⑥，恨惹绿窗儿女⑦。哀时庾信，但愁赋、江南枯树。尽再招、辽鹤东归，恐城郭、人民非故。甚帘外西山，还斗春来眉妩。

【注释】①"渔阳鼙鼓"三句：战乱打破了往日的歌舞升平。化用唐白居易《长恨歌》："渔阳鼙鼓动地来，惊破霓裳羽衣曲。"借古喻今，以唐代安史之乱喻清末民初连年不断的战乱。

②"细柳新蒲，眼看春去，曲江路"：看到细细的柳丝和新生的水蒲，便知春天已来到曲江边。化用唐杜甫《哀江头》"少陵野老吞声哭，春日潜行曲江曲。江头宫殿锁千门，细柳新蒲为谁绿"诗句。

③"玉京人老，问花事、今谁主"：京城里的人已变老，试问今年的花事将由谁来主持。即杜甫《哀江头》"细柳新蒲为谁绿"之意。"玉京"：帝都。唐孟郊《长安旅情》诗："玉京十二楼，峨峨倚青翠。"

④"唱罢董逃行"：唱完了一首反映乱世主题的歌曲。"董逃行"：古诗歌。此处指《董逃歌》，东汉灵帝时童谣，词载《后汉书·五行志》。此歌每句下均和以"董逃"二字。宋郭茂倩《乐府诗集·相和歌辞九》作《董逃行》，共两首，分别为"吾欲上谒从高山"篇及"年命冉冉我遒"篇。郭氏在题解中引崔豹《古今注》曰："《董逃歌》，后汉游童所作也。终有董卓作乱，卒以逃亡。后人习之为歌章，乐府奏之以为儆诫焉。"可知，"董逃"乃是取董卓作乱后逃亡之事记之，乐府以歌为儆诫。"行"：歌行体。

⑤"更魂断、津桥鹊语"：形容因离乱而给有情人带来的痛苦。与上一

句"唱罢董逃行"互文见义。一为国乱,一为家苦。

⑥"听秋坟雨泣":听到有坟头在秋雨中哭泣。当化用唐李贺《秋来》"雨冷香魂吊书客""秋坟鬼唱鲍家诗"等诗句。

⑦"恨惹绿窗儿女":惹得身居深闺的女子心怀怨恨。清严绳孙《御街行·中秋》有"西风白骑几人归,肠断绿窗儿女"句。"绿窗":女子居室。唐韦庄《菩萨蛮》"劝我早归家,绿窗人似花"。

陈 洵

陈洵(1871—1942),字述叔,别号海绡,广东新会(今江门)人。光绪间,曾补南海县学生员。后客游江西十余年。入民国,经朱孝臧推荐,任广州中山大学教授。潜心词学,为朱孝臧嘉许,称其与况周颐为"并世两雄,无与抗手"。著有《海绡词》《海绡说词》等。

水龙吟　丁卯除夕①

春来准拟开怀②,是谁不放残年去③。寒更灯火,断魂依在,严城戍鼓。地北天南,一声归雁,有人愁苦。算寻常经过,今年事了,都休向,明朝语。

光景花前冉冉,倚东风、从头还数。因循却怕,登临无地,夕阳如故。烂醉生涯,颓然自卧,懒歌慵舞。待鸣鸡唤起,白头簪胜④,尽平生度⑤。

【注释】①"丁卯":1927 年。

②"春来准拟开怀":春天到来,准备开怀畅饮。化用唐杜甫《十二月一日三首》(其三)"春来准拟开怀久"诗句。

③"不放残年去":不让旧的一年过去。化用唐司空图《寓居有感三

首》"不放残年却到家"诗句。

④"白头簪胜"：满头白发，几乎不能佩戴簪子。化用唐杜甫《春望》
"白头搔更短，浑欲不胜簪"诗句。

⑤"尽平生度"：一生就这样度过。

玉楼春　酒边偶赋寄榆生①

　　新愁又逐流年转，今岁愁深前岁浅。良辰乐事
苦相寻②，每到会时肠暗断③。　　山河雁去空怀远④，
花树莺飞仍念乱⑤。黄昏晴雨总关人⑥，恼恨东风无
计遣⑦。

【注释】①"榆生"：龙榆生。

②"良辰乐事苦相寻"：刚迎来欢乐时光，就遭遇愁苦之事。"相寻"：
相继，接连不断。

③"每到会时肠暗断"：每次才刚相聚，一想到之后就要分别，不由得
暗自伤心。化用明杨兆鹏《忆昔篇》"空使檀郎肠暗断"诗句。

④"山河雁去空怀远"：大雁飞过高山大河，只留下我徒然望着远方。

⑤"花树莺飞仍念乱"：花木盛开，草长莺飞，心中还是放不下纷乱的
时局。

⑥"黄昏晴雨总关人"：黄昏放晴也好，下雨也罢，都总是教人牵挂。

⑦"恼恨东风无计遣"：怨恨春风也无法排遣心中的烦恼。化用宋赵
令畤《蝶恋花》(梦觉高唐云雨散)"旧恨新愁无计遣"诗句。

王永江

王永江(1871—1927),字岷源,号铁龛,奉天金州(今属大连)人。先后创办奉天纺织厂、东北大学(兼校长),修建沈海与洮昂铁路。民国十五年(1926),因与当局政见不同,辞去公职,返回故里,潜心诗歌创作。有《铁龛诗余》一卷。

丑奴儿

少年不识愁何物①,倜傥风流。倜傥风流,意气高于百尺楼。 而今愁似天来大,欲去还留。欲去还留,赢得星星雪满头②。

【注释】①"少年不识愁何物":年少时不知道什么是烦恼。化用宋辛弃疾《丑奴儿》"少年不识愁滋味"词句。此词全首仿效辛弃疾《丑奴儿》词。

②"赢得星星雪满头":只落得一头星星点点因愁绪而生的白发。

朱兆蓉

朱兆蓉(1871—?),字芙镜,自号秋江外史,又号西湖仙史,江苏如皋人。从小生活在父亲任职的杭州。曾任浙江遂昌知县。与钱塘才子陈蝶仙过从甚密。陈蝶仙有《庚戌七月偕朱芙镜兆蓉赴平昌任舟次信笔》《芙公以德配包者香夫人兰瑛平昌道中诗见示即景次原韵四首》等诗。1911 年 10 月,武昌起义爆发,"十一月九日,革命党人徐鹤率光复军进驻遂昌。知县朱兆蓉捧印送缴"(新版《遂昌县志》)。1912 年,朱兆蓉出家,师从云闲上人。有《染雪盦词》一卷。

黄金缕
题孙小山先生《映雪轩遗草》

文字千秋终不改①,回首桑田,容易成沧海。丛桂留香今尚在②,开篇仿佛闻馨欸③。　贫自能安痴不卖④。历劫余生⑤,苦苦还诗债⑥。转眼河山成异代⑦,宁教隔断仙凡界⑧。

【注释】①"文字千秋终不改":意谓文章可流传永久。指词序中的"孙小山先生《映雪轩遗草》"。
②"丛桂留香今尚在":桂树林的花香至今还在。喻指"孙小山先生

《映雪轩遗草》”。

　　③"开篇仿佛闻謦欬"：意谓阅读"孙小山先生《映雪轩遗草》"的感受。"謦欬"：咳嗽声，借指谈笑、谈吐。

　　④"贫自能安痴不卖"：虽贫也能自我安分，虽痴顽也不改变。宋时吴中民俗，小儿绕街呼叫卖痴卖呆可变聪明。

　　⑤"历劫余生"：历尽艰难后的生活。

　　⑥"苦苦还诗债"：尽力完成应该完成的诗歌写作。"诗债"：谓他人索诗或要求和作，未及酬答，如同负债。唐白居易《晚春欲携酒寻沈四著作先以六韵寄之》："顾我酒狂久，负君诗债多。"自注："沈前后惠诗十余首，春来多醉，竟未酬答，今故云尔。"

　　⑦"转眼河山成异代"：朝代在一瞬间便发生转变。

　　⑧"宁教隔断仙凡界"：宁可隔断仙界与世俗的界限。化用清孔毓玑《龙山纪游十首》(其二)"小桥隔断仙凡界"诗句。

包兰瑛

包兰瑛(1872—?),字耆香,一字配荣,江苏丹徒(今属镇江)人。光绪十八年(1892)嫁如皋朱兆蓉,随之宦浙江、湖南、湖北等地。俞樾《锦霞阁诗词集序》赞其诗"清丽之中犹饶逸气。至登览、咏古、读史诸篇,精思约旨,风格不凡。其尤警拔者,则枕胙经史,挥斥百家,或老师宿儒终身有未解"。有《锦霞阁诗词集》。

一剪梅

日日扁舟画里行①。山也青青,柳也青青。晚来都傍石桥停,风也听听,水也听听。　凉月穿舱恰五更②。梦也醒醒,酒也醒醒。夜潮才落早潮生。灯也微明,天也微明。

【注释】①"日日扁舟画里行":小船天天在如画般的水面行驶。故下文有"山也青青,柳也青青"的景物描写。

②"凉月穿舱恰五更":明月照进船窗的时候正好是五更。

杏花天

本意。寄外[①]。从五十六字体

　　卖花深巷清明后[②]，有几处、酒旗风皱。倚楼容易教人瘦，何况是、晚妆时候。　　胭脂雨、偶沾衣袖，雕梁燕、今年来否。料君匹马长安走[③]，好消息、雨中应有。

【注释】①"寄外"：妻子寄信或他物给丈夫。这里指作者作词寄给丈夫朱兆蓉。

②"卖花深巷清明后"：清明过后，小巷深处便传来阵阵卖花声。化用宋陆游《临安春雨初霁》"小楼一夜听春雨，深巷明朝卖杏花"诗句。

③"料君匹马长安走"：料想你定能金榜题名后走马长安城。故下文有"好消息、雨中应有"诸句。化用唐孟郊《登科后》"春风得意马蹄疾，一日看尽长安花"和宋蔡伸《虞美人》"红尘匹马长安道"句。

邵　章

邵章(1872—1953),字伯绚,号倬庵,浙江杭州人。清光绪二十八年(1902)进士。历任翰林院编修、杭州府学堂等。郁达夫《志摩在回忆里》记曰:"大约是在宣统二年(1910)的春季,我离开故乡的小市,去转入当时的杭府中学读书,——上一期似乎是在嘉兴府中读的,终因路远之故而转入了杭府——那时候府中的监督,记得是邵伯绚先生,寄宿舍是大方伯的图书馆对面。"与郑文焯、邵瑞彭、张尔田等词人过从甚密。有《倬庵诗稿》。

虞美人　和南唐后主①

晨钟暮鼓无时了,旧寺栖霞少。哀禽枝上惯呼风,吹遍行人、头白舻声中②。　楼船铁锁今何在③,城上旌旗改④。景阳宫井不知愁⑤,谁挽银河、到海更西流⑥。

【注释】①"和南唐后主":唱和南唐后主李煜《虞美人》(春花秋月何时了)。

②"吹遍行人、头白舻声中":指行人在旅途中听着风声和船橹声日渐变老。"舻声中":指水上漂泊生涯。"舻声":船橹声。宋辛弃疾《南乡

子》有"欹枕舻声边,贪听咿哑眠醉眠"句。

③"楼船铁锁今何在":当年战船和铁锁,如今又都在何方?形容成败得失随着时间的流逝都已不再呈现。"楼船":晋益州刺史王濬受晋武帝派遣,造大船,出巴蜀,攻东吴。"铁锁":东吴为拦截晋船,在江中轧铁锥,在江面横铁索,然最终失败。唐韩偓《吴郡怀古》:"徒劳铁锁长千尺,不觉楼船下晋兵。"

④"城上旌旗改":指当年西晋王濬率船队攻破石头城,吴主孙皓到营门投降。也即唐刘禹锡《西塞山怀古》"一片降幡出石头"之意。

⑤"景阳宫井":指隋朝军队打进金陵(南京)时,陈后主与其宠妃张丽华、孔贵嫔藏在景阳宫井内,一同做了隋兵俘虏。

⑥"谁挽银河、到海更西流":谁能力挽狂澜,改变时局。化用元郭昂《寄张九万户》"与谁共挽银河水,一洗中原战血痕",以及宋范成大《南柯子》(怅望梅花驿)"欲凭江水寄离愁,江已东流那肯更西流"诸句。

蝶恋花　和次公①

慢说兴亡门巷燕②。春去秋来,泥落空梁见③。数尽归舟帆叶短,东流江水浑如线。　旧院人家新阅遍。陌上尘飞,郎马嘶犹远④。细画眉山连复断⑤,镜奁省识香闺怨⑥。

【注释】①"次公":邵瑞彭(1887—1937),字次公,浙江淳安人。曾任河南大学教授。邵章此词所和之作为邵瑞彭《蝶恋花》词,曰:"东去伯劳西去燕。织女黄姑,岁岁还相见。玉露无声银烛短,有人遥夜停针线。二十四阑闲倚遍。河汉盈盈,争似红墙远。井上朱丝牵不断,中庭谁唱《双蕖怨》。"

②"慢说":别说。"兴亡门巷燕":兴亡盛衰改变了门巷的主人,燕子

依旧来筑巢。唐刘禹锡《乌衣巷》:"朱雀桥边野草花,乌衣巷口夕阳斜。旧时王谢堂前燕,飞入寻常百姓家。"

③"泥落空梁见":燕巢的泥土掉落,只剩空荡荡的屋梁。化用隋薛道衡《昔昔盐》"空梁落燕泥"诗句。

④"郎马嘶犹远":郎君骑马的嘶鸣声还在很远处。化用唐温庭筠《河传》(湖上)"不闻郎马嘶"诗意。

⑤"细画眉山":仔细描画眉毛。"眉山":形容女子眉目清秀。

⑥"镜奁省识香闺怨":梳妆镜也察觉到了梳妆女子的愁怨。

姚亶素

姚亶素(1872—1963),字景之,号东木老人,浙江吴兴(今湖州)人。曾任抚州知府、南昌知府等职。早年跟随王鹏运学词。夏敬观《忍古楼词话》评曰"平昔论词,墨守四声"。有《枳园词》《咫园词》《心月宧词》《散莲宧集外词》等。

鹧鸪天　和稼轩

细雨斜风客路遥,阳关三叠总魂销①。岩花争艳红如染,山鸟呼名语最娇。　波渺渺,草萧萧。寒烟冲过短长桥。闲游信马不归去②,又听莺声上柳梢。

【注释】①"阳关三叠":古琴曲,又名《阳关曲》《渭城曲》。根据唐代诗人王维的七言绝句《送元二使安西》谱写。泛指送别时演唱的曲目。
②"信马":任马行走而不加约制。唐岑参《西掖省即事》诗有"平明端笏陪鹓列,薄暮垂鞭信马归"。

南乡子

疏雨过空庭。零乱愁人此夜情。剪得残灯如

豆小^①,凄清。剑气箫声自不平^②。 休更说儒生^③。一样文章误楚伧。抱着瑶琴弹复啸。分明。林木萧骚变徵声^④。

【注释】①"剪得残灯如豆小":把灯花修剪得如豆粒一样微小。喻指心有所待而深夜不眠。

②"剑气箫声自不平":拥有如此非凡的胆识和情怀,内心自然难以平静。"剑气箫声":亦作"剑气箫心"。比喻既有胆识,又有情致。清龚自珍《己亥杂诗》:"少年击剑更吹箫,剑气箫心一例消。""剑气":剑的光芒,喻指才华和才气。"箫声":喻指情趣。

③"休更说儒生":此句与下句"一样文章误楚伧",都表示自己因信奉儒家"学而优则仕"准则而误入仕途。化用杜甫《奉赠韦左丞丈二十二韵》"儒冠多误身"诗意。"楚伧":即"伧楚"。魏晋南北朝时,吴人以上国自居,鄙视楚人粗伧,谓之"伧楚"。清黄遵宪《杂感》有"我生千载后,语音杂伧楚",此处为作者自称。

④"林木萧骚变徵声":风吹树叶,沙沙作响,犹如变徵之声,令人伤感。"萧骚":形容风吹树叶的声音。"变徵声":古代音调分为宫、商、角、徵、羽、变徵、变羽七音,变徵比徵低半音,为高而悲壮的调子。《史记·刺客列传》曰:"高渐离击筑,荆轲和歌,为变徵之声,士皆垂泪涕泣。"

浣溪沙

独对黄花自唱歌^①。也知万事总由它。天荒地老更如何。 佳节每从贫里过,闲愁偏是病中多。柔肠侠骨两销磨^②。

【注释】①"独对黄花自唱歌":独自对着黄花歌唱。"黄花":指秋日菊花。元张养浩《殿前欢·对菊自叹》:"对黄花人自羞,花依旧,人比黄花瘦。"

②"柔肠侠骨两销磨":昔日温柔的内心和侠义的风骨全都被消磨殆尽了。"销磨":磨灭,消耗。宋刘过《沁园春·赠王禹锡》词:"便平生豪气,销磨酒里。"

仇埰

仇埰(1873—1945)，字亮卿，又字述盦，上元(今南京)人。清光绪间留学日本，入弘文书院。辛亥革命后，创办江苏省立第四师范学校，任校长。1927 年卸任后，开始填词。1937 年日军入侵南京后，辗转到上海。为南京"如社"和上海"午社"两词社社员。与石云轩、孙阆仙、王东培号称"蓼辛社四友"，闻名词坛。有《鞠谦词》二卷、《金陵词抄续编》六卷。

鹧鸪天　汉皋杂感[1]

倦鸟仓皇绕别枝[2]。壮年辙迹几追思[3]。图书敝篾成今我[4]，烟树晴川又一时[5]。　新酒浊，旧弦迟[6]。降心重理鹧鸪词[7]。南楼花月东山雨[8]，说与旁人浑不知[9]。

【注释】①"汉皋"：汉口的别称。

②"倦鸟仓皇绕别枝"：疲倦的小鸟慌张地绕着别的树枝转圈。形容人在旅途的艰辛。

③"壮年辙迹"：壮年时候的经历。"辙迹"：车轮经过留下的痕迹。《老子》第二十七章曰："善行无辙迹。"意谓善于行走的人，不留下足迹或车辙。形容乐意做好事，却不愿意被人察觉。

④"图书敝篚成今我"：博览群书的习惯造就了今天的我。"敝篚"：破旧的竹箱子，指书箱。

⑤"烟树晴川又一时"：烟雾弥漫的树林，阳光照耀的水面，是又一段独特的时光。唐韦应物《登宝意寺上方旧游》："翠岭香台出半天，万家烟树满晴川。"

⑥"旧弦迟"：迟缓地拨动往日的琴弦。宋赵必璩《菩萨蛮》(红娇翠溜歌喉急)有"旧弦拨断新腔入"词句。

⑦"降心重理鹧鸪词"：平抑心情后重新演唱《鹧鸪词》。呼应上句"旧弦迟"。化用宋仇远《木兰花慢》(远钟消断梦)"何心重理丝簧"词句。"降心"：平抑心气。《左传·僖公二十五年》："天子降心以逆公，不亦可乎？""鹧鸪词"：郭茂倩《乐府诗集》卷八十《近代曲辞》收录《鹧鸪词》三首，有李益的一首和李涉的二首。李益诗云："湘江斑竹枝，锦翅鹧鸪飞。处处湘云合，郎从何处归？"李涉诗云："湘江烟水深，沙岸隔枫林。何处鹧鸪飞，日斜斑竹阴。""二女虚垂泪，三闾枉自沉。惟有鹧鸪鸟，独伤行客心。"诗中都用了湘江、斑竹、鹧鸪等形象来烘托气氛。可见《鹧鸪词》在内容上均是表现愁苦之情的，而且都须用"鹧鸪"来托物起兴，并在诗中起到切题、破题作用。

⑧"南楼花月东山雨"：花木与月光装点着南楼，雨水飘落在东山。宋贺铸《惜奴娇》(玉立佳人)："绿绮芳尊，映花月、东山道。"

⑨"说与旁人浑不知"：说给旁边的人听，都全然不理解其中的意思。宋刘季孙《题屏》："说与旁人浑不解，杖藜携酒看芝山。"

鹧鸪天　汉皋杂感(其三)

十月江楼惯送迎。客来未减议纵横。坐看白日违三楚①，剩有孤怀赋两京②。　鸠意拙，燕心惊③。风花四散了无凭。飘零身世难为计，梦里龙山郁晓星④。

【注释】①"坐看白日违三楚"：闲坐并观看太阳越过楚地。喻指观看时局变化。"三楚"：秦汉时，把战国的楚地分为三楚。江陵为南楚，吴为东楚，彭城为西楚，合称三楚。宋陈师道《次韵苏公涉颍》："坐看白日晚，起行清颍湄。"

②"剩有孤怀赋两京"：内心怀有写作《二京赋》的想法。"赋两京"：指汉代张衡创作的《二京赋》，即《西京赋》《东京赋》。前者描写长安的奢华无度，后者描写洛阳的俭约之德、礼仪之盛。

③"鸠意拙，燕心惊"：像鸠鸟的想法一样笨拙，像燕子的内心一样惊恐。

④"晓星"：启明星。

袁毓麟

袁毓麟(1873—1934)，幼名荣润，字文薮，浙江仁和(今杭州)人。清光绪二十三年(1897)副贡，后中举。光绪二十七年(1901)与林白水创办《杭州白话报》，任编辑。光绪三十年(1904)留学日本东京政法大学。同在日本留学的鲁迅，曾邀请其共同筹办文艺杂志《新生》。鲁迅日记也记录了与袁毓麟的交往，如1913年2月27日"下午季市遣人来取去《域外小说集》第一、二各二册，云袁文薮欲之"。有《香兰词》一卷。

好事近

风雨落花天①，梦见个人微笑。不是千金能买②，是阳春回了。　　侬情如海起波涛，卿如海中岛③。除却桑田迁变，誓朝朝环绕。

【注释】①"风雨落花天"：指春天。宋黄庭坚《戏和舍弟船场探春二首》："百舌解啼泥滑滑，忽成风雨落花天。"

②"不是千金能买"：反用"千金买一笑"典故。据《东周列国志》二："褒妃在楼上，凭栏望见诸侯忙去忙回，并无一事，不觉抚掌大笑。王曰：'爱卿一笑，百媚俱生，此虢石父之力也。'遂以千金赏之。至今俗语相传'千金买笑'，盖本于此。"王，指周幽王。

③"侬情如海起波涛"二句:以"波涛"环绕"海中岛"表现女子对男子的深情。宋秦观《踏莎行·郴州旅舍》有"郴江幸自绕郴山,为谁流下潇湘去"词句。

林思进

林思进（1873—1953），字山腴，别署清寂翁，四川华阳（今双流）人。入民国，历任四川图书馆馆长，成都府学堂监督，华阳中学校长，成都高等师范学校、成都大学、四川大学等校教授。晚年专力填词。赵熙论其词曰："不莽不纤，语有内心，如公大可传矣。"有《清寂词录》五卷。

鹊踏枝　岁尽，雨中奉怀尧老①

词社阑珊秋已暮②，悔不当时，苦苦留君住。坐看寒江摇橹去，至今却怅残年雨。　珍重耳中临别语。石室青城③，早觅栖身处。昨夜惊鸿又度，梦魂空绕荣州路④。

【注释】①"尧老"：赵熙（1867—1948），字尧生，号香宋，四川荣县人。
②"词社阑珊"：词社即将解散。
③"石室青城"：喻指藏有图书的楼宇。"青城"：指青城山。在四川成都。
④"梦魂空绕荣州路"：内心日夜牵挂着朋友前往的地方。"荣州"：今四川省自贡市荣县。清赵熙《烛影摇红·答青城石室》："一诗和梦到荣州，人语江楼坐。"

一剪梅　开岁五日,村游漫记

　　一缕寒香渐惹蜂①。欲问西东,不辨西东。村村相识有儿童,吹叶迎翁,把蔗扶翁②。　据案愚儒四海空③。貌已冬烘④,话更冬烘。云将今日遇鸿蒙⑤,来是因风,归也因风。

【注释】①"一缕寒香渐惹蜂":冬天一丝丝花香,渐渐招来蜜蜂。形容花香诱人。反用明唐胄《红鸡冠花》"甘陪菊淡偕梅瘦,不惹蜂狂与蝶颠"诗意。

②"吹叶迎翁,把蔗扶翁":吹着树叶迎接老翁,手持甘蔗迎接老翁。

③"据案愚儒四海空":迂腐的儒生据案而坐,眼中空无一人。"据案愚儒":宋陆游《秋日郊居》"儿童冬学闹比邻,据案愚儒却自珍"。"四海空":宋岳珂《戏作呈赵通判胡教授张总干》:"笑谈千古一映中,眼底顿觉四海空。"

④"冬烘":本指古代私塾中不问世事的教师。后指糊涂、迂腐之人。

⑤"云将今日遇鸿蒙":宣称将在今天迎来混沌的元气。形容"愚儒""话更冬烘"。"鸿蒙":古人认为天地开辟之前是一团混沌的元气,这种自然的元气叫做鸿蒙。

小重山令

　　柳暝花飞尽做愁①。一春如梦过、事悠悠。有情人在小红楼。栏杆影,十二曲西洲。　豆蔻寄梢头。华年惊似箭、水东流。谁能薄幸忘前游②。帘试卷,话扬州。

【注释】①"柳暝花飞尽做愁":暮色中的柳叶,凋零的花朵,都令人发愁。

②"谁能薄幸忘前游":谁能如此薄情地忘却从前的交游。化用唐杜牧《遣怀》诗"十年一觉扬州梦,赢得青楼薄幸名"诗意。

卖花声

明日复偕胥宇马王庙池,即庚辰春禊处也①。触钱楚事,再赋慰韵

携手上高楼,往事悠悠。碧栏杆外乍凝眸。记与美人池上立,柳绿波柔。 一别几经秋,春去难留。柳髡池涸不胜愁②。今日仙姬来照影③,梦想前游。

【注释】①"胥宇":察看建造房屋的地基,相宅。"庚辰":1940 年。

②"柳髡池涸":柳树叶落,池塘干涸。形容物是人非。"柳髡":本为剪去柳树树枝。北魏贾思勰《齐民要术》:"十年以后,髡一树,得一载,岁髡二百树,五年一周。"

③"今日仙姬来照影":今日也有女子来到池塘边,对着水面照着自己的身影。化用宋陆游《沈园二首》(其一)"伤心桥下春波绿,曾是惊鸿照影来"诗句。

徐自华

徐自华(1873—1935)，字寄尘，号忏慧，浙江石门（今桐乡）人。曾任南浔浔溪女学校长。与秋瑾一起加入同盟会，并资助秋瑾筹办《中国女报》。1907 年，秋瑾在绍兴遇难后，徐自华前往绍兴，将秋瑾灵柩护送至杭州，安葬于西泠桥畔。徐自华喜吟咏，所作诗词，颇受时人称誉。柳亚子《念奴娇·题寄尘女士〈忏慧词〉用定庵赠归佩珊夫人韵》词，将徐自华词与李清照词、朱淑贞词相论。著有《忏慧词》。

忆秦娥　听箫

韵悠悠，玉箫闲品想扬州①。想扬州，二分月色，廿四桥头②。　玉人还在秦楼否③，魂销一曲不胜愁。不胜愁。而今杜牧，减却风流④。

【注释】①"韵悠悠，玉箫闲品想扬州"：听着悠扬的箫声，想象与品味扬州的情韵。

②"二分月色，廿四桥头"：化用唐徐凝《忆扬州》"天下三分明月夜，二分无赖是扬州"，以及唐杜牧《寄扬州韩绰判官》"二十四桥明月夜，玉人何处教吹箫"诗句。

③"玉人还在秦楼否"：化用唐李白《忆秦娥》"秦娥梦断秦楼月"

词句。

④"而今杜牧,减却风流":到如今,杜牧也不再风流。化用宋姜夔《扬州慢》(淮左名都)"杜郎俊赏,算而今、重到须惊。纵豆蔻词工,青楼梦好,难赋深情"诸句。

吕景蕙

  吕景蕙(1873 前后—1924 前后),字若苏,号璇友,江苏阳湖(今常州)人。少时已擅长诗文。后适同里赵苕卿为室。里居时曾于女校授课并设帐授徒。后旅居海上,赁庑设塾。有《纫佩轩诗词草》一卷。

满庭芳　春暮送玉泉妹赴湘潭

  南浦歌残,河桥烟冷,绿波时荡寒云。远山如黛,翠影落芳樽。最是长亭倦柳,一丝丝、织就离痕。凝眸处,漫天烟絮,似我惜余春。　销魂。芳草路,梦随帆远,愁共诗新。任楝花开遍,摇落江滨。此后潮回湘水,秋风起、可忆鲈莼①。人去也,几声柔橹,寂寞倚黄昏。

【注释】①"秋风起、可忆鲈莼":形容不受名利羁绊,纵情自适。《世说新语·识鉴》:"张季鹰辟齐王东曹掾,在洛见秋风起,因思吴中菰菜羹、鲈鱼脍,曰:'人生贵得适意尔,何能羁宦数千里以要名爵!'遂命驾便归。俄而齐王败,时人皆谓为见机。"

夏仁虎

夏仁虎(1874—1963),字蔚如,号啸庵、枝巢子,别号钟山旧民,南京人。清举人。入民国,为北洋政府的国会议员,历任财政部次长、代总长和国务院秘书长。1928 年,夏仁虎结束官宦生涯,专事著书和讲学,先后担任北京大学讲师和北京师范大学教授。著有《啸庵词》四卷。

扬州慢　秋暮独上宋门女墙闻筘声

雪苑人稀,樊楼市散①,西风何处鸣筘。听商音一片②,渺离思天涯。自淮海、销藏兵气③,空营细柳④,犹带栖鸦。正斜阳,人倚荒城,雁掠平沙。

江云莫望,算频年、归计都差。伥旧梦长杨⑤,将军故李⑥,身世休嗟。多少卧龙跃马⑦,都付与、铁板铜琶⑧。只故园、秋色迟人,雨细风斜⑨。

【注释】①"雪苑":泛指花园。"樊楼":又称白矾楼,为宋代东京(开封)大酒楼,后泛指酒楼。

②"商音":指旋律以商调为主音的乐声,其声悲凉哀怨。

③"销藏兵气":指停止战乱。清蒋春霖《虞美人》(水晶帘卷澄浓

雾）："银潢何日销兵气"。

④"空营细柳"：细柳营中空无一人。"细柳营"：指西汉时期周亚夫驻扎在细柳的部队。这里泛指兵营。

⑤"旧梦长杨"：再次梦见长杨宫。"长杨"：长杨宫的省称。汉扬雄《长杨赋》："振师五柞，习马长杨。"长杨、五柞，为秦汉时期的两座离宫。

⑥"将军故李"：指汉代李广将军。《史记·李将军列传》：李广"尝夜从一骑出，从人田间饮。还至霸陵亭，霸陵尉醉，呵止广。广骑曰：'故李将军。'尉曰：'今将军尚不得夜行，何乃故也！'"

⑦"卧龙跃马"：为诸葛亮和公孙述的并称。诸葛亮，字孔明，号卧龙，三国时期蜀汉丞相。公孙述，称号跃马，两汉之交时的地方割据者。这里泛指英雄豪杰。

⑧"都付与、铁板铜琶"：都在豪迈的歌曲中流传。"铁板铜琶"：喻指演唱豪放歌词的伴奏乐器。《历代诗余》引宋俞文豹《吹剑录》："东坡在玉堂日，有幕士善歌，因问：'我词何如柳七词？'对曰：'柳郎中词，只合十七八女郎执红牙板，歌杨柳岸晓风残月。学士词，须关西大汉，铜琵琶、铁绰板，唱大江东去。'公为之绝倒。"

⑨"只故园、秋色迟人，雨细风斜"：只有故园的秋色，还有细雨斜风，令人放缓步履。

江城子

一春心事恋花丛。盼东风，骂东风。吹得春来，吹去又匆匆。欲折娇红还痛惜，拼一醉，卧花中。　梨云漠漠月胧胧。漏丁东①，梦惺忪。稳抱甜香，除是化秦宫②。嘱咐栖鸦休早起，瞒不住，五更钟。

【注释】①"漏丁东":计时的漏壶发出叮咚的声响。化用清杨英灿《采桑子》(拥衾坐到三更尽)"玉漏丁东"句。

②"除是化秦宫":除非化作秦皇宫殿。

张尔田

张尔田(1874—1945),原名张采田,字孟劬,号遁盦,钱塘(今杭州)人。远祖本浙江海宁陈氏,故又号许村樵人。早年有文名,中举人,先后任刑部主事、知县。入民国,辞官,隐居上海。1914年,任清史馆纂修。1915年,应沈曾植邀请,参加编修《浙江通志》。1921年起,先后在北京大学、北京师范大学、燕京大学等校任教。最后在燕京大学哈佛学社研究部工作。著有《槐后唱和》《遁盦乐府》。

浣溪沙
吴唐英"红杏花时"句①,余最爱之,
别京都八年矣,怅触旧游,寄慨于言

一别春明又八年②。归来商略买山钱③。石田茅舍阿谁边④。　红杏花时辞汉苑⑤。绿杨雨里上淮船。雨迎花送故依然。

【注释】①"吴唐英'红杏花时'句":指唐代诗人吴融《渡淮作》首句。该诗全文曰:"红杏花时辞汉苑,黄梅雨里上淮船。雨迎花送长如此,辜负东风十四年。"

②"春明":唐都长安有春明门,因以春明指代京城。

③"买山钱"：为隐居而购买山林所需的钱。喻归隐。《世说新语·排调》："支道林因人就深公买印山,深公答曰:'未闻巢(父)、(许)由买山而隐。'"

④"石田茅舍阿谁边"：石田和茅舍与谁家相邻。"阿谁边"：参见宋赵彦端《鹊桥仙》"不知春在阿谁边"词句。"阿"：虚词前缀,冠于人称代词之前。

⑤"汉苑"：指京城附近专供打猎的苑囿。喻指京城。

采桑子

当初曾记临歧语,蜀纸亲封①。说与相逢,只是今番已不同。　琴中传尽殷勤意,谁适为容。鬓葆秋蓬②,恨入檀心一寸红③。

【注释】①"蜀纸亲封"：亲自将信笺封好。化用宋周邦彦《塞翁吟》"有蜀纸,堪凭寄恨,等今夜,洒血书词,蔊烛亲封"词句。"蜀纸"：唐李肇《国史补》："纸则有蜀之麻面、屑末、滑石、金花、长麻、鱼子十色笺。"

②"谁适为容。鬓葆秋蓬"：不知道为谁修饰容颜,我的鬓发就像秋天的蓬草。化用《诗经·伯兮》："自伯之东,首如飞蓬。岂无膏沐,谁适为容。""适"：心悦。"鬓葆"：鬓发。

③"檀心"：浅红色的花蕊。宋苏轼《黄葵》诗："檀心自成晕,翠叶森有芒。"

临江仙

一自中原鼙鼓后,繁华转眼都收。石城艇子为谁留①。乌衣寻废巷②，白鹭认空洲③。 万事惊心悲故国，青山落日潮头。此身行逐水东流④。除非春梦里，重见旧皇州⑤。

【注释】①"石城艇子为谁留"：石头城的小船艇为谁而停留。"石城"：石头城，这里指南京城。"艇子"：小船艇。化用《西曲歌》中的《莫愁乐》"莫愁在何处，莫愁石城西。艇子打两桨，催送莫愁来"句。

②"乌衣寻废巷"：曾经显赫的乌衣巷不久便成了废墟。"乌衣巷"：金陵城内街名。三国时期吴国曾设军营于此，为禁军驻地。由于当时禁军身着黑色军服，所以此地俗语称乌衣巷。东晋时王导、谢安两大家族都居住在乌衣巷。入唐后，乌衣巷沦为废墟。

③"白鹭认空洲"：白鹭鸟再回首时，只见一片空荡的小洲。"白鹭洲"：古代长江中的沙洲，洲上多集白鹭，故名。位于今南京市水西门外。

④"此身行逐水东流"：这一生就顺其自然随着江水东流吧。苏轼《临江仙》(夜饮东坡醒复醉)"小舟从此逝，江海寄余生"。

⑤"皇州"：帝都，京城。这里指南京。

左又宜

左又宜(1875—1912),字鹿孙,一字幼卿,湖南湘阴(今属岳阳)人,左宗棠孙女,夏敬观继妻。其遗稿由夏敬观辑成《缀芬阁词》一卷,并请诸宗元作序、朱祖谋题签。《续修四库全书总目提要》称"其词清新婉丽,旖旎近情,语工而入律,颇得音声之妙"。

浪淘沙

何处望乡关,烟锁回阑①。流光一失去无还。千里辞家头易白,遮莫春残②。　　两载失承欢③,江路漫漫。聊凭雁足寄修翰④。安得乘风生彩翼⑤,飞到湘南。

【注释】①"回阑":曲折的栏杆。

②"遮莫春残":任凭春天已到尽头。

③"两载失承欢":两年内先后失去父母亲。"承欢":指侍奉父母,承担使长辈欢快的任务。

④"聊凭雁足寄修翰":姑且借助鸿雁寄送家书。"雁足寄修翰":据《史记》记载,汉武帝时,使臣苏武被匈奴拘留。汉朝要求匈奴释放苏武,匈奴单于谎称苏武已死。这时有人告诉汉使有关真相,并给汉使出主意,

让他对匈奴说:汉皇在上林苑射下一只大雁,雁足上系着苏武的帛书,证明他并未死去,只是受困。匈奴只好把苏武放回汉朝。从此,鸿雁就成了信差的美称。

⑤"安得乘风生彩翼":如何才能借助风力,长出彩色的翅膀。化用唐白居易《江郎山》"安得此身生羽翼"诗句。

按:据赵郁飞《晚清女词人左又宜〈缀芬阁词〉剽窃考述》(《文学遗产》,2019 年第 3 期),此词涉嫌剽窃。

张茂炯

张茂炯(1875—1936),字颂清,一字仲清,号君鉴,别署艮庐。江苏吴县(今苏州)人。宣统元年(1909),官盐政院总务所长。入民国,任财政部盐务署。晚年,自北京退居苏州。与潘昌煦、邓邦述、张茂炯、吴瞿安等建立"六一消暑诗社"。叶恭绰称其词"审律甚严,而绝无粘滞肤廓之病"。有《艮庐词》《续集》《外集》各一卷。

西 河

予生长西湖,久习游钓,中更宦辙,别逾十年。
比岁乙卯,重访旧游,园林祠宇,都非昔观。
今忽忽又十余稔矣。消寒初集,陈舲诗见示
《重游西湖绝句》,怅触予怀,因倚梦窗是解①

名胜地②。楼台照眼凄丽。尊前暗拭旧襟痕,画阑倦倚。记曾双桨剪春波,承平年少时事。 念衰鬓,嗟逝水。别来自感憔悴。山灵见客也慵妆③,乱鬟未理。翠微立尽古斜阳,人间知换何世④。 柳堤系马共赍醉⑤。认题名、苔绣凝紫⑥。应有摩崖残字。怕重来、化作逋亭鹤唳,城郭阴迷湖光里⑦。

【注释】①"游钓":一种灵活的垂钓方法,与"守钓"相对。"更宦辙":更换为官的行踪。"乙卯":指1915年。"陈舲诗":陈希濂(1867—1945),字吐玉,号舲诗、麟书、琢孙。元和郭巷(今苏州)人。光绪十七年(1891)举人。江阴县教谕后主苏州晏成中学、东吴大学讲席。"梦窗是解":指吴文英《西河》(春乍霁)词。

②"名胜地":指杭州西湖。宋柳永《望海潮》有"东南形胜,三吴都会,钱塘自古繁华"词句。

③"山灵":山神。元房皞《送王升卿》诗:"我欲从君觅隐居,却恐山灵嫌俗驾。""慵妆":慵妆髻,偏垂一边的蓬松发髻。指没有精心梳妆。故下文曰"乱鬟未理"。宋张先《菊花新》有"堕髻慵妆来日暮"词句。

④"人间知换何世":不知天下已换成哪个朝代。化用庾信《哀江南赋序》中"日暮途远,人间何世"辞句。

⑤"赊醉":赊账醉酒。清陈文述《金陵杂感》(其二):"只应赊醉长干里,东下江流送逝波。"

⑥"认题名、苔绣凝紫":指下文"逋亭"往日的景观。逋亭,即放鹤亭,位于杭州孤山东北麓。亭内有石壁一块,上面刊刻有南北朝鲍照《舞鹤赋》。其中有"精含丹而星曜,顶凝紫而烟华"句,描绘鹤的美丽动人。字迹系康熙帝临摹明代书法家董其昌手迹。故有"苔绣凝紫""摩崖残字"等表述。

⑦"鹤唳,城郭阴迷湖光里":飞鹤的鸣叫声,从多云黯淡的城内一路响彻到城外的西湖水光中。"城郭":指内城和外城,泛指都城或城市。"阴迷":指多云黯淡的天气。

水调歌头　北固山怀古

　　人物浪淘尽,终古大江流。江山风景如画①,残照正当楼②。看取东南天堑③,剩有金焦两点④,苍翠入云浮,故垒半芦荻,萧瑟作清秋⑤。　　凭形胜,问残霸⑥,笑孙刘⑦。一时豪杰,公瑾年少号能谋⑧。欲把柔情儿女,换却雄心割据,失计纵鹰鞲。成败几棋局,争战甚时休⑨。

【注释】①"人物浪淘尽"三句:化用宋苏轼《念奴娇》(大江东去)词句。

②"残照正当楼":夕阳正照在高楼上。化用宋柳永《八声甘州》(对潇潇暮雨洒江天)"残照当楼"句。

③"东南天堑":东南地域的天然壕沟。指长江。

④"金焦两点":指金山与焦山两座山,均在今江苏省镇江市。金山,原名浮玉,因裴头陀江际获金,唐贞元间李骑奏改,故名金山;焦山,因汉焦光隐居此山,故名焦山。元萨都剌《题喜寿里客厅雪山壁图》诗:"大江东去流无声,金焦二山如水晶。"

⑤"故垒半芦荻,萧瑟作清秋":旧时的堡垒被芦荻包围,在风中发出萧瑟之声,一派深秋景色。化用唐刘禹锡《西塞山怀古》"故垒萧萧芦荻秋"句。

⑥"残霸":指吴王夫差。夫差曾先后破越败齐,争霸中原。后为越王勾践所败,霸业有始无终。故称"残霸"。

⑦"孙刘":三国吴主孙权和蜀主刘备的并称。元萨都剌《同曹克明清明日登北固山次韵》:"孙刘事业今何在,百年狠石生莓苔。"

⑧"公瑾年少号能谋":周瑜年纪轻轻却善用计。指周瑜为得到刘备的荆州而将孙权妹妹嫁给刘备的诡计。故下文有"欲把柔情儿女,换却雄心割据"。然此计未得逞,故下文又有"失计纵鹰鞲"。鹰未擒到猎物,猎人因此脱下了打猎用的鹰鞲。"鹰鞲":豢鹰者所用的皮臂套,打猎时用以保护手臂,停立猎鹰。

⑨"争战甚时休":战争何时停止。

刘肇隅

刘肇隅(1875—1938），又名萃隅，字廉生，号晓初，澹园居士，湖南湘潭人。与弟刘鑫耀（字楚金）皆受学于叶德辉。曾任巴陵教谕，后留学日本，入早稻田大学学习法律。入民国，在湖南省立第一师范学校、上海光华大学等学校任教。工诗文，晚岁亦着力于词。为民国时期词社沤社成员。刘肇隅以大量佛教用语入词。林葆恒评曰："悲天悯人，切能妙参佛谛，开词家未有之先声。"有《阆伽坛词》二卷。

暗　香　中秋感事，用姜白石韵

秦时明月①，照塞城几度，边笳羌笛②。豆煮釜焦③，瓜蔓何堪再三摘④。玉宇琼楼在否，已寒褪、东坡词笔⑤。怎夜半、不问苍生，拼负殿前席⑥。　　西国⑦，信阒寂⑧。胡旦旦誓留⑨，愿望空积。海鲛暗泣⑩。旧事迷离正回忆。俄顷飞来一眚⑪，收拾了、楼台金碧⑫。便蚀尽、蟾兔影⑬，靠谁救得？

【注释】①"秦时明月"：月亮还是秦朝时的月亮。意谓月光下的大地还处在战乱中，犹如秦代一般。化用王昌龄《出塞》"秦时明月汉时关"

诗句。

②"边筇羌笛":胡筇声与羌笛声响成一片。"边筇":即胡筇。我国古代北方边地少数民族的一种乐器,类似笛子。"羌笛":我国古老的单簧气鸣乐器,流行于四川北部阿坝藏羌自治州。明胡应麟《送友人游边》:"边筇秋色远,羌笛夜声哀。"

③"豆煮釜焦":煮豆的锅内已烧干了水。化用魏曹植《七步诗》诗:"煮豆持作羹,漉菽以为汁。其在釜下燃,豆在釜中泣。本自同根生,相煎何太急。""釜焦":烧干水的铁锅。《史记·田敬仲完世家》:"且救赵之务,宜若奉漏瓮沃焦釜也。"此喻情势危急。

④"瓜蔓何堪再三摘":瓜藤上的瓜果怎能经得起再三采摘。化用唐李贤《黄台瓜辞》诗:"种瓜黄台下,瓜熟子离离。一摘使瓜好,再摘使瓜稀。三摘犹自可,摘绝抱蔓归。"

⑤"玉宇琼楼在否"两句:意谓美妙如神仙居住的楼宇,即使还在,也因其极度寒冷而使苏轼无法用文字表达。化用苏轼《水调歌头》(明月几时有)"唯恐琼楼玉宇,高处不胜寒"词句。

⑥"怎夜半、不问苍生,拼负殿前席":为何到了夜半,有人在殿堂上讨论的并不是民生大计。化用唐李商隐《贾生》"可怜夜半虚前席,不问苍生问鬼神"诗意。

⑦"西国":指西方国家。

⑧"信阒寂":确实幽静。

⑨"胡旦旦誓留":为什么留下的誓言如此真实可信。

⑩"海鲛暗泣":海鲛暗自哭泣。据晋张华《博物志》记载:"南海水有鲛人,水居如鱼,不废织绩,其眼能泣珠。"

⑪"一眚":一点点小过失。"眚":本指目病生翳,引申为过错。

⑫"楼台金碧":指楼台装饰得金碧辉煌。

⑬"蟾兔影":蟾蜍与玉兔的影子。这里指月亮。

杨 圻

杨圻(1875—1941),原名朝庆,字云史,又字野王,江苏常熟人。光绪二十八年(1902)举人,官邮传部郎中。光绪三十四年(1908)出任驻英属新加坡领事。入民国,一度为吴佩孚幕僚。后应张学良邀,移居沈阳。"九一八"事变后回常熟。抗战时,徙居并卒于香港。诗宗盛唐,擅七古。有《江山万里楼诗词钞》十七卷,其中词四卷。附李国香《饮露词》一卷。

临江仙

庚子西狩①,颐和园为联军居住游宴之所。
辛丑秋议和成,寇退,余入排云殿,见龙床不整,
酒具狼藉,悲从中来,其何能已。咸丰庚申,
联军焚圆明园,四十年中再见浩劫矣

一夜西风吹不住②,凋残太液芙蓉③。云房水殿浸寒空。夷歌数处④,零落怨秋红。　凝碧池头人散后⑤,寂寥水际帘栊。青娥相向月明中。夜阑深坐,含泪说文宗⑥。

一剪梅 赵州①

何事年年往复还,已过邯郸,再过邯郸。马头万点太行山,日落柴关②,月落柴关。 烟草荒荒流水残,昨夜雕栏,今夜雕鞍。桃花如雪月中看,金屋春寒,茅屋春寒。

【注释】①"赵州":即今河北石家庄市赵县,位于太行山东麓。
②"柴关":柴门,犹寒舍。

浣溪沙
江南秋词十首之八,乙卯九月金陵题壁①

月照秦淮卖酒家,烟笼寒水听琵琶②。秋来容易怨天涯。　波上清歌楼上舞,何人夜半倚窗纱。隔江暗里看繁华。

【注释】①"乙卯九月":1915 年 9 月。

②"月照秦淮卖酒家"两句:化用唐杜牧《泊秦淮》"烟笼寒水月笼沙,夜泊秦淮近酒家"诗句。

王国维

王国维(1877—1927),初名国桢,字静安,晚号观堂,浙江海宁人。1901 年,赴日本留学。三十岁以后,转治文学。撰写了《人间词话》。1923 年春,王国维经人推荐,到北京充任逊帝溥仪的南书房行走。1925 年,任清华研究院教授。与梁启超、陈寅恪、赵元任、李济被称为清华五大导师。1927 年,自沉于颐和园鱼藻轩昆明湖。有《人间词话》《观堂长短句》等。

蝶恋花

阅尽天涯离别苦。不道归来①,零落花如许②。花底相看无一语,绿窗春与天俱暮③。　待把相思灯下诉。一缕新欢④,旧恨千千缕⑤。最是人间留不住,朱颜辞镜花辞树⑥。

【注释】①"不道":不料。

②"如许":像这样。

③"绿窗春与天俱暮":绿窗下的春光,也与此刻的天色一起暗淡下来。"绿窗":绿色纱窗,指女子居所。

④"新欢":久别重逢的喜悦。

⑤"旧恨":长期以来的相思之苦。

⑥"最是人间留不住,朱颜辞镜花辞树":人世间最留不住的,是镜中美好的容颜和树上盛开的花朵。"朱颜":美好的容颜。"辞树":从树上凋落。

蝶恋花

满地霜华浓似雪①。人语西风②,瘦马嘶残月③。一曲阳关浑未彻,车声渐共歌声咽。 换尽天涯芳草色。陌上深深,依旧年时辙。自是浮生无可说④,人间第一耽离别⑤。

【注释】①"满地霜华浓似雪":地面上的霜花厚厚的,像一层雪。化用五代毛熙震《更漏子》(秋色清)"满院霜花如雪"词句。

②"人语西风":有人在西风中交谈。化用宋张炎《清平乐》(候蛩凄断)"人语西风岸"词句。

③"瘦马嘶残月":瘦马在一轮残月下嘶鸣。化用唐温庭筠《菩萨蛮》"玉楼明月长相忆,柳丝袅娜春无力。门外草萋萋,送君闻马嘶"词句。

④"自是浮生无可说":只是飘忽不定的人生,原本就难以言说。"浮生":指人生。古代老庄学派认为人生在世空虚无定,故称人生为浮生。

⑤"人间第一耽离别":人世间最难看开的就是离愁别恨。"耽":沉溺。南朝江淹《别赋》:"黯然销魂者,唯别而已矣。"

陈曾寿

陈曾寿(1878—1949),字仁先。因家藏元代吴镇所画《苍虬图》,因以名阁,自称苍虬居士,湖北浠水(今属黄冈)人。光绪二十九年(1903)进士,官至都察院广东监察御史。入民国,以遗老自居。后参与张勋复辟、伪满组织等。一生喜爱吟诗填词。其诗与陈三立、陈衍齐名,时称海内三陈。其词则自中年开始用力创作。叶恭绰评曰:"仁先四十为词,门庑甚大,写情寓感,骨采骞腾,并世殆罕俦匹,所谓文外独绝也。"张尔田则论曰:"苍虬诗人之思,泽而为词,似欠本色。"有《旧月簃词》一卷。

如梦令

棹入藕花深处①。掠水钟声低度②。打桨乱红霞③,飞起一行鸥鹭④。休去。休去。已被荷风留住。

【注释】①"棹入藕花深处":小船划入荷花丛中。化用宋李清照《如梦令》(常记溪亭日暮)"兴尽晚回舟,误入藕花深处"词意。

②"掠水钟声低度":钟声掠过水面从低空传来。

③"打桨乱红霞":划动的船桨搅乱了霞光照耀下的水面。

④"飞起一行鸥鹭":化用宋李清照《如梦令》(常记溪亭日暮)"惊起

一滩鸥鹭"词意。

浣溪沙　雪夜寄莘田①

　　竹折溪堂夜雪时②。红梅灯下证相思③。梦痕凄冷雁难知。　　索我新图愁未写,赚君好句和常迟。沉吟消得鬓成丝④。

【注释】①"莘田":罗常培(1899—1958),字莘田。北京人。曾任北京大学教授。

　　②"竹折溪堂夜雪时":深夜大雪折断竹子的声音,传到临溪的堂舍。化用唐白居易《夜雪》"夜深知雪重,时闻折竹声"诗意。

　　③"红梅灯下证相思":灯光下的红梅见证这份相思之情。

　　④"沉吟消得鬓成丝":不停地低声吟唱,使得两鬓变白。化用明刘崧《春日即事二首》(其一)"春风消得鬓成丝"诗意。

李叔同

李叔同(1880—1942),又名李息霜,原籍浙江平湖,出生于天津。早年留学日本。1912年,任上海《太平洋报》编辑。1913年,在浙江两级师范学校(后改为浙江省立第一师范学校)任教,1915年起兼任南京高等师范学校教师。1942年,剃度为僧,法名演音,号弘一,晚号晚晴老人。擅书法,工诗词。有《弘一法师文钞》。今人辑有《李叔同诗全编》。

西江月　宿塘沽旅馆①

残漏惊人梦里②,孤灯对景成双。前尘渺渺风思量,只道人归是谎③。　谁说春宵苦短,算来竟比年长。海风吹起夜潮狂,怎把新愁吹涨。

【注释】①"塘沽":在今天津市东部。
②"残漏":残夜将尽时的滴漏。
③"只道人归是谎":原先说好要回来的人最终却没有回来。

吴汉声

吴汉声（1881—1937），字采纯，别署莽庐，崇明（今属上海）人。曾执教于南洋公学附校、南北交通大学等。有《莽庐词稿》一卷。

一剪梅

最恨人间是别离。欲订归期，未定归期。柔肠百转费踌躇，待不相思，怎不相思。　红烛烧残泪暗垂。风又凄其①，雨又凄其。无端云鬓尽成丝，只为情痴，只悔情痴。

【注释】①"风又凄其"：寒风吹来，深感凄冷。化用《诗经·绿衣》"絺兮绤兮，凄其以风"诗句。"凄其"：同"凄凄"。

一剪梅

烽火家山望眼穷①。路也难通，信也难通。纷纷得失较鸡虫②，甲自称雄，乙自称雄。　杼轴东南十九空③。目送飞鸿，肠断哀鸿。叩暗吾欲问天公④。聩聩如聋⑤,聩聩真聋。

【注释】①"烽火家山望眼穷":烽烟笼罩下的家乡河山,使我望眼欲穿。

②"得失较鸡虫":计较像鸡啄虫、人缚鸡那样微小的得失。唐杜甫《缚鸡行》:"小奴缚鸡向市卖,鸡被缚急相喧争。家中厌鸡食虫蚁,不知鸡卖还遭烹。虫鸡于人何厚薄,吾叱奴人解其缚。鸡虫得失无了时,注目寒江倚山阁。"

③"杼轴东南十九空":形容东南地区生产废弛,百姓贫无所有。"杼轴":亦作"杼柚",为织布机上的两个部件,即用来持纬(横线)的梭子和用来承经(直线)的筘。亦代指织机。《诗·小雅·大东》:"小东大东,杼柚其空。"郑玄笺:"言其政偏,失砥矢之道也。谭无他货,维丝麻尔,今尽杼柚不作也。"汉扬雄《法言·先知》:"田亩荒、杼轴空之谓耘。"

④"叩暗吾欲问天公":形容对疑惑不明之事力求一探究竟的心情。宋刘辰翁《山花子》有"此处情怀欲问天"词句。

⑤"聩聩如聋":昏聩糊涂犹如耳聋之人。

一剪梅

战伐经年暴骨邱①。故鬼啾啾,新鬼啾啾②。男儿未遂觅封侯③,愁压眉头,恨压心头。　食肉官厨有秘谋④。鼙鼓城楼,箫鼓秦楼。杜陵身世感飘鸥⑤。载酒杭州,弄月扬州⑥。

【注释】①"战伐经年暴骨邱":连年战争导致尸骨暴露于郊野。"暴骨":指暴露的尸骨。《汉书·匈奴传下》:"数年之间,北边虚空,野有暴骨矣。"

②"故鬼啾啾"两句:形容士兵战死后的亡灵的哭喊声。化用唐杜甫《兵车行》"新鬼烦冤旧鬼哭,天阴雨湿声啾啾"诗句。

③"未遂觅封侯":没有实现建功立业的志向。"觅封侯":原指汉代班超镇守西域,万里封侯,建功立业。

④"食肉官厨有秘谋":那些当权者有特殊的治理秘诀。反用《左传·庄公十年》"肉食者鄙,未能远谋"典故。讽刺当权者目光短浅,不能深谋远虑。

⑤"杜陵身世感飘鸥":犹如杜甫感慨的那样,飘然一身,像漂泊的沙鸥。唐杜甫《旅夜书怀》:"飘飘何所似,天地一沙鸥。"

⑥"载酒杭州,弄月扬州":在杭州饮酒,在扬州赏月。对上句所言"身世感飘鸥"的形象描述,与上阕"男儿未遂觅封侯"形成因果关联。

叶恭绰

叶恭绰(1881—1968),字誉虎,号遐庵,广东番禺人。早年毕业于京师大学堂,后留学日本。曾任北洋政府交通总长、南京国民政府铁道部部长、北京大学国学馆馆长等。书画诗词兼擅。曾与朱祖谋、黄公渚、夏剑丞、冒广生等共结词社,与龙榆生创办《词学季刊》。有《遐庵词甲稿》《广箧中词》《全清词钞》等。

采桑子

重门一掩经年静①,闲煞秋千。今日桥边,一样春寒似去年。 幽情淡薄浑如絮,休要狂颠。重致缠绵,不遣杨花近画檐②。

【注释】①"经年":整个一年,全年。
②"画檐":饰有精致图案的屋檐。

卜算子

宵诵东坡此调①,意当时怀贤去国,情绪万端,必有不胜其辗转反侧者,赋此见意,亦宋玉词之旨。世人以侧艳目之,谬矣。港居泮陟,冬春望远登楼,伊郁谁语,偶继坡作,以写我忧世。其有为我作郑笺者乎②?

倦鸟暮孤飞，风叶朝难定。篆尽炉烟只自萦。屈曲心头影③。　一水总盈盈④。寄泪凭谁省。悄倚寒枝忍别栖⑤，梦逐秋江冷⑥。

【注释】①"东坡此调"：指苏轼《卜算子》（黄州定惠院寓居作）词，曰："缺月挂疏桐，漏断人初静。谁见幽人独往来，缥缈孤鸿影。　惊起却回头，有恨无人省。拣尽寒枝不肯栖，寂寞沙洲冷。"

②"其有为我作郑笺者乎"：有谁能像汉代郑玄为《毛诗》作注解一样，也来为我的词作注解呢？

③"篆尽炉烟只自萦"两句：篆香烧尽，香炉中飘出的烟雾独自萦绕。盘香的烟缕也在内心留下弯曲的影子。唐宋时将香料做成篆文形状，点其一端，依香上的篆形印记，烧尽计时。据宣州石刻记载："（宋代）熙宁癸丑岁，时待次梅溪始作百刻香印以准昏晓，又增置午夜香刻。"故又称百刻香。它将一昼夜划分为一百个刻度，用作计时器，还有驱蚊等作用，在民间流传很广。宋李清照《满庭芳》（小阁藏春）有"篆香烧尽，日影下帘钩"词句。

④"一水总盈盈"：与家人隔水相望。据词序"港居涘陕，冬春望远登楼"诸语，当为写作者身处香港遥望内地时的情景与感受。汉代《古诗十九首》之十有"盈盈一水间，脉脉不得语"。

⑤"悄倚寒枝忍别栖"：悄悄地倚靠在寒冷的树枝上，强忍着如此别样的栖息状态。反用苏轼词中"拣尽寒枝不肯栖"和魏曹操《短歌行》中"月明星稀，乌鹊南飞。绕树三匝，何枝可依"诗意。

⑥"梦逐秋江冷"：追逐秋江的梦境，浸透了深秋的寒冷。表达了作者在他乡思念故乡的内心感受。

浣溪沙
题胡伯孝《湖滨偕隐图》①

如此江山再见难。淡妆浓抹有无间②。不堪把笔志临安③。　赁庑永怜同寄迹④,哦松从古不宜官⑤。梦痕犹带两峰寒⑥。

【注释】①"题胡伯孝《湖滨偕隐图》":为胡伯孝《湖滨偕隐图》所题。当时,同类题材的作品还有朱庸斋《婆罗门令·胡伯孝属题〈湖滨偕隐图〉》、黄节《题胡生伯孝〈湖滨偕隐图〉》。

②"淡妆浓抹有无间":西湖景色在晴雨之间最有魅力。化用宋苏轼《饮湖上初晴后雨》"淡妆浓抹总相宜"。

③"不堪把笔志临安":很难将杭州的美景诉诸笔端。"临安":这里指杭州。南宋建炎三年(1129),置杭州为行在所,升杭州为临安府。宋林升《题临安邸》:"山外青山楼外楼,西湖歌舞几时休? 暖风熏得游人醉,直把杭州作汴州。"

④"赁庑永怜同寄迹":客居他乡的人总是珍惜有相同经历的人。"赁庑":租房而居。"寄迹":寄托自己的踪迹。指客居他乡。

⑤"哦松从古不宜官":吟哦诗文的人自古以来不宜为官任职。反用韩愈《蓝田县丞厅壁记》之意。韩愈《蓝田县丞厅壁记》载,唐博陵崔斯立为蓝田县丞,官署内庭中有松、竹、老槐,斯立常在二松间吟哦诗文,后因以"哦松"指担任县丞的官吏。

⑥"梦痕犹带两峰寒":梦中还感受到两座山峰的寒气。"两峰":指杭州南高峰、北高峰。

章士钊

章士钊(1881—1973),字行严,笔名孤桐、秋桐等,湖南善化县(今长沙市)人。1902年,任上海《苏报》主笔,后又与人创办《国民日报》。1905年至1907年间,先后赴日本、英国留学。入民国,任上海《民立报》主笔。曾任北洋政府司法总长兼教育总长、国民政府国民参政会参政议员等职。鲁迅《论"费厄泼赖"应该缓行》一文有涉及章士钊的文字。有《入秦草》一卷、《柳文指要》等。

踏莎美人　灞桥柳①

千载离情,几番词客,凭谁指点凭谁说。诗中折柳似相招,未必诗人都到、灞陵桥②。　衰草连空,栖鸦点墨③,于今我在长安陌。长安陌上总魂消④,不待朝来灞水、映青袍⑤。

【注释】①"灞桥柳":灞桥边的杨柳。灞桥在长安市东灞水上,是出入长安的要路之一,唐人常以此为饯行之地。

②"未必诗人都到、灞陵桥":并非所有写折柳赠别诗的诗人,都到过灞陵桥。

③"衰草连空,栖鸦点墨":枯草将天地连成一片,栖息的乌鸦如墨团

点缀其中。"衰草""栖鸦":既写景,又点明时节。

　　④"长安陌上总魂消":长安道上的杨柳总让人魂销肠断。唐刘禹锡《杨柳枝词九首》:"长安陌上无穷树,唯有垂杨绾别离。"

　　⑤"不待朝来灞水、映青袍":不用一早来到灞水边迎送达官贵人,让自己穿着青袍的身影倒映在灞水中。化用唐李商隐《泪》中"朝来灞水桥边问,未抵青袍送玉珂"诗意。"灞水":渭河支流。"青袍":指寒士。

施祖皋

施祖皋(1881—1940),字伯谟,江苏崇明(今属上海)人。1919 年初,在上海任教。1919 年秋,赴新加坡,任教于华侨中学。1927 年回上海。施祖皋"素喜吟咏,尤工填词"(沈如梅《硕果斋词序》)。著有《硕果斋词》《天南回忆录》等。

一剪梅　夜读

斗室萧条梦不成。桂影星横①,蕉叶风轻②。一灯如豆夜三更③,檐下鸡鸣,月下秋声。　遥忆古人秉烛情④。瞻顾前程,磨砺生平。埋头不计利兼名,笔上花生⑤,墨上光明⑥。

【注释】①"桂影星横":月光与星光相映。"桂影":指月影,月光。古代传说,月中有桂树,故称。唐李咸用《山中夜坐寄故里友生》有"虫声促促催乡梦,桂影高高挂旅情"诗句。

②"蕉叶风轻":芭蕉叶随风轻摇。

③"一灯如豆夜三更":一盏昏暗的油灯在夜半时分还点着。"一灯如豆":灯的光源如豆粒那样大。形容灯光暗弱。

④"遥忆古人秉烛情":遥想古人秉烛夜读的情景。"秉烛":《说苑》记师旷劝晋平公秉烛夜读的故事。《古诗十九首》(生年不满百)有"昼短

苦夜长,何不秉烛游"。

⑤"笔上花生":形容文笔优美。据五代王仁裕《开元天宝遗事》记载,李白年少时梦见所用笔头上生花,后来文才横逸,名闻天下。

⑥"墨上光明":形容文采斐然。中国古代画法认为墨分五色,唐张彦远《历代名画记》中就有"运墨而五色具"之论,在此基础上又形成了墨是充满光明之色的观点。故此词以"墨上光明"来形容。

郭则沄

郭则沄（1882—1946），字蛰云，号啸麓，侯官县（今福州）人。为礼部右侍郎郭曾炘长子。生于浙江台州龙顾山试院，故斋号"龙顾山房"。清光绪二十九年（1903）进士，授庶吉士、武英殿协修，官至浙江温处道、署理浙江提学使。入民国，曾任国务院秘书长。曾在天津、北京先后与好友同年组织"冰社""须社""俦社""瓶花簃"等词社，并将社课之作汇编成《烟沽渔唱集》等。著有《龙顾山房诗余》三卷、《清词玉屑》十二卷。

蝶恋花　沈阳寄内，次韵

黯淡边愁催马去①。侬带愁来，偏汝和愁住②。将泪西风无洒处。斑斑红遍天涯树③。　莫怨秋笳归梦误。梦便相逢，那解相思苦。小簟新寒谁说与④，晓鸦啼过关山路⑤。

【注释】①"黯淡边愁催马去"：边地形势严峻，催促兵马去守卫。

②"侬带愁来，偏汝和愁住"：是我带来愁绪，却偏要你和愁绪作伴。化用宋辛弃疾《祝英台近·晚春》："是他春带愁来，春归何处？却不解、带将愁去。"

③"将泪西风无洒处。斑斑红遍天涯树"：泪水随西风到处飘洒，染红

了天边的树林。化用元王实甫《西厢记·长亭送别》"晓来谁染霜林醉,总是离人泪"词意。

④"小簟新寒谁说与":独卧凉席的寒意又能向谁倾诉。化用清朱彝尊《桂殿秋》(思往事)"共眠一舸听秋雨,小簟轻衾各自寒"词意。

⑤"晓鸦啼过关山路":在晓鸦的啼叫声中走过了通往关山的路。与首句"黯淡边愁催马去"相呼应。

采桑子

多生总为聪明误①,花样娇羞。水样轻柔。团扇心情不耐秋②。　灯前忆着销魂事,雨夜高楼。月夜扁舟。打叠新愁换旧愁③。

【注释】①"多生":指众生。佛教指众生受轮回之苦,生死相续,称为"多生"。唐白居易《味道》诗有"此日尽知前境妄,多生曾被外尘侵"句。宋洪迈《夷坚丁志》卷十八"饶廷直"条有"多生曾结香火缘,邂逅相逢竟相语"。

②"团扇心情不耐秋":团扇一到秋天就被弃置不用。出自西汉班婕妤《怨歌行》诗:"新裂齐纨素,鲜洁如霜雪。裁为合欢扇,团团似明月。出入君怀袖,动摇微风发。常恐秋节至,凉飙夺炎热。弃捐箧笥中,恩情中道绝。"

③"打叠新愁换旧愁":心中的愁绪接连不断。清袁枚《随园诗话》卷十一引蒙古惠椿亭中丞《秋宵》诗,有"离怀轻易岂能休,打叠新愁换旧愁"句。

虞美人

燕泥庭户春无主①,历乱弥天絮②。玉珰密意诉凄凉③，不道云屏梦远更回肠④。　将荷作镜朦胧绝⑤，谁省心如月⑥。从今古调莫轻弹⑦，袖取《霓裳》残谱背人看⑧。

【注释】①"燕泥庭户春无主"：春天燕子衔泥筑巢在房梁上，但未见房屋的主人。

②"历乱弥天絮"：柳絮满天纷飞。

③"玉珰密意诉凄凉"：送上耳环与书信，诉说内心的凄凉。"玉珰"：玉制的耳饰。唐李商隐《春雨》有"玉珰缄札何由达，万里云罗一雁飞"诗句。

④"不道云屏梦远更回肠"：没料到在梦中与思念的人相距遥远，更叫人牵挂。"云屏"：有云形彩绘的屏风，或用云母作装饰的屏风。这里指居住在这一环境中的人，通常指女性。唐刘长卿《昭阳曲》："芙蓉帐小云屏暗，杨柳风多水殿凉。"

⑤"将荷作镜朦胧绝"：以荷叶为镜的结果只能是模糊不清。南北朝江从简《采荷讽》："欲持荷作柱，荷弱不胜梁。欲持荷作镜，荷暗本无光。"

⑥"谁省心如月"：谁能懂得我那纯洁如月亮的心。此句顺着上句"将荷作镜朦胧绝"而来。因为"朦胧绝"，故有"谁省"之问。

⑦"从今古调莫轻弹"：从今往后不要轻易弹唱古代的曲调。化用唐刘长卿《听弹琴》"古调虽自爱，今人多不弹"诗意。

⑧"袖取《霓裳》残谱背人看"：从衣袖取出《霓裳羽衣曲》的残本独自观看。"《霓裳》残谱"：《霓裳羽衣曲》为唐玄宗所作，用于太清宫祭献老子时演奏。这里泛指古调。此句以"背人看"对应上句"莫轻弹"，以表示对"古调"的"自爱"。

张宗祥

张宗祥(1882—1965),谱名思曾,字阆声,号冷僧,别署铁如意馆主,浙江海宁人。清光绪二十八年(1902)举人。先后任教于硖石开智学堂、浙江高等学堂等。1914年,进京任教育部视学,与鲁迅等钻研古籍。1922年,南返杭州,任浙江教育厅厅长。期间,主持补抄文澜阁四库全书。1925年,调任瓯海道尹。1926年冬,定居上海,专事抄校古籍。1949年后,任西泠印社社长、浙江图书馆馆长等职。有《铁如意馆诗草》《不满砚斋剩稿集》等。

南歌子
余梅荪弟向爱莳花,近则专力种菜,因以此词戏之

旧订栽花约,新增种菜方。小园隙地数弓长①,六十羸翁晓起苦为忙②。　担水芒鞋湿,浇肥布袜脏。樊迟学圃又何妨③,博得瓜茄葱韭满园香。

【注释】①"小园隙地数弓长":小园内有一小块空地。"弓":旧时丈量地亩的器具,用木头制成,形状略像弓,两端的距离是五尺。故弓也成为旧时丈量地亩的计算单位,五尺为一弓,即一步,三百六十弓为一里,二百四十六弓为一亩。

②"苦为忙"：尽力地忙着干活。

③"樊迟学圃又何妨"：樊迟学种蔬菜又有什么不妥呢。《论语·子路第四》："樊迟请学稼,子曰:'吾不如老农。'请学为圃,曰:'吾不如老圃。'樊迟出。子曰:'小人哉,樊须也！上好礼,则民莫敢不敬；上好义,则民莫敢不服；上好信,则民莫敢不用情。夫如是,则四方之民襁负其子而至矣,焉用稼?"以"樊迟学圃"喻指词序"余梅荪弟向爱莳花,近则专力种菜"一事。

欧阳祖经

　　欧阳祖经(1882—1972)，字仙贻，别号阳秋，江西南城(今属抚州)人。光绪三十四年(1908)，考入日本东京高等师范学校。毕业回国后，历任江西第一师范学校、心远大学、北京女子师范大学教职。1927年，任江西省图书馆馆长。1940年，任江西国立中正大学文法学院副教授。工数理，善诗词。曾在《文史季刊》刊其《晓月词》136首。编者王易跋云："仙贻先生，学富海山，心殷理乱，于民族抗战之年，为《庚子秋词》之和。运苏(轼)、辛(辛弃疾)之气骨，擅欧(阳修)、晏(殊)之才华，使锦簇花团，中含剑气，阳春白雪，尽入正声。"有《欧阳组经诗词集》。

临江仙

　　眼底楼台兵燹后[①]，几番物换星移。空桑三宿不胜悲[②]。残碑寻古刹，荒树认崇祠。　　漫道东湖依旧碧，湖边莺燕都迷。朱颜绿鬓更难期。昨宵孤馆梦，肠断蓟门西[③]。

【注释】①"兵燹"：指战火、战乱。
②"空桑三宿"：形容对世间事物有所顾恋。《后汉书·襄楷列传》："浮屠不三宿桑下，不欲久生恩爱，精之至也。"意谓僧人在一棵桑树下面

休息,不到三宿就迁移,以免时间一长,对桑树产生眷顾之情。清龚自珍《摸鱼儿》(亥六月留别新安作)有"空桑三宿犹生恋,何况三年吟绪"词句。

③"肠断蓟门西":指思念戍边亲人。"蓟门":原指古蓟门关。唐代以关名置蓟州,后亦泛指蓟州(今天津)一带。

陈协恭

陈协恭(1882—1934),即陈寅,江苏无锡人。曾任职于文明书局、中华书局。有《和白香词》。

生查子

山城八载居,何以消长昼。博弈每争先^①,桥戏甘留后^②。　烽烟满国中,朋辈还如旧。望远绝音书,缩手藏罗袖^③。

【注释】①"博弈":古代游戏活动。大体有六博、双陆、打马格、围棋和象棋。由下文"桥戏"可知,这里当指棋类游戏。

②"桥戏":即桥牌。是两人对两人的四人牌戏。大多从旧时傀儡惠斯特等牌戏逐渐发展形成。

③"缩手藏罗袖":收缩双手,并藏入衣袖中。意欲掩饰上句"望远绝音书"即没有收到远方来信的尴尬。

陈世宜

陈世宜（1883—1959），又名匪石，字小树，号倦鹤，江苏江宁（今南京）人。早年肄业于尊经书院，随山长张次珊学词。后赴日本留学。入民国，先后主编《七襄》《民权报》《国民日报》等。1947年，任国立中央大学中文系教授。有《倦鹤近体乐府》《旧时月色斋词》《宋词举》《声执》等。

少年游

连朝风雨近清明。杨柳自青青。三叠《阳关》①，一声《河满》②，十里短长亭③。　天涯不辨愁来路，甚处着啼莺④。篆迹苔阴⑤。酒痕襟上，帆影画中行⑥。

【注释】①"三叠《阳关》"：即《阳关三叠》，又名《阳关曲》《渭城曲》，根据唐代诗人王维七言绝句《送元二使安西》谱写的古琴曲。此句与后两句，均表现离别主题。

②"河满"：即《河满子》，又名《何满子》，为唐开元中歌者何满子所创。白居易《何满子》诗云："世传满子是人名。临就刑时曲始成。一曲四调歌八叠，从头便是断肠声。"自注云："开元中，沧州有歌者何满子，临刑进此曲，以赎死，上竟不免。"元稹《何满子歌》："何满能歌能宛转。天宝年

中世称罕。婴刑系在囹圄间,水调哀音歌愤懑。梨园弟子奏玄宗,一唱承恩羁网缓。便将何满为曲名,御谱亲题乐府纂。"《河满子》调名当起源于此,声情悲切。唐张祜《宫词》诗:"故国三千里,深宫二十年。一声《何满子》,双泪落襟前。"

③"十里短长亭":古代每十里之内设一长亭,每五里有一短亭。喻指亲友在此话别。《白孔六帖》卷九:"十里一长亭,五里一短亭。"

④"甚处着啼莺":何处能让黄莺鸟栖息。化用宋陆游《花时遍游诸家园》"宣华无树著啼莺,惟有摩诃春水生"诗意。与上句"天涯不辨愁来路",均表示人在旅途时的迷惘心情。表现手法上,一为借物喻人,一为直接写人。

⑤"綦迹苔阴":足迹踏遍幽深之地。"綦迹":指足迹、踪迹。"苔阴":指人迹罕至之处。

⑥"帆影画中行":乘坐小船在如画的水面上前行。

山花子

万紫千红换绿阴。无人庭院展蕉心①。三五呢喃新乳燕,画堂深。　细草池边迷梦迹②,流泉门外度微音③。茶歇香消残酒醒,书愔愔④。

【注释】①"展蕉心":芭蕉正在展开它的蕉心。蕉心展开即为蕉叶。

②"细草池边迷梦迹":池塘边的青草在梦中令我目眩神迷。

③"流泉门外度微音":门外的泉水声流淌出一首轻微的歌。

④"书愔愔":指安静地看书。

沈尹默

沈尹默(1883—1971)，原名君默，字秋明，浙江湖州人。早年留学日本，后任北京大学教授、北平大学校长、辅仁大学教授，《新青年》杂志编委。曾任北京大学书法研究会会长。有《秋明词》一卷。

浣溪沙

荷叶香清露气浓①。赤栏桥畔倚微风②。不知身在帝城中③。　记得年时湖上路④。扁舟花里偶相逢。晓妆临水对芙蓉⑤。

【注释】①"荷叶香清露气浓"：荷叶的清香在露水的滋润下更加浓郁。此句与结句"晓妆临水对芙蓉"都以荷塘为背景，表现了抒情主人公对高洁品格的向往与追求。词中的"赤栏桥""帝城""湖上"等地名，在专指与泛指之间，不必拘泥。

②"赤栏桥畔倚微风"：站在赤栏桥边，阵阵微风轻拂。"赤栏桥"：亦作"赤阑桥"，合肥城南的一座桥。据宋姜夔《淡黄柳》词序："客居合肥南城赤阑桥之西，巷陌凄凉，与江左异，唯柳色夹道，依依可怜。因度此阕，以纾客怀。"此处为泛指。

③"帝城"：帝都之城。这里泛指城市。

④"记得年时湖上路":记得去年也在湖边的这条路上。化用宋谢逸《江神子》(杏花村馆酒旗风)"记得年时,相见画屏中"词句。

⑤"晓妆临水对芙蓉":清晨在水边,对着一池芙蓉梳妆。

西江月

脑后尽多闲事①,眼中颇有佳花。饭余一盏雨前茶②。敌得琼浆无价③。　午睡一时半晌,客谈百种千家④。兴来执笔且涂鸦⑤。遣此炎炎长夏。

【注释】①"脑后尽多闲事":意谓把闲杂事全都抛之脑后,不予理睬。
②"雨前茶":谷雨前采制的茶叶,称雨前茶。明许次纾《茶疏》:"清明太早,立夏太迟,谷雨前后,其时适中。"
③"敌得":抵得上,胜过。"琼浆":仙人的饮料,喻美酒。
④"客谈百种千家":与来客谈论各种典籍和各家流派。
⑤"兴来执笔且涂鸦":兴致到来时,便提笔作画。"涂鸦":唐卢仝《示添丁》有"忽来案上翻墨汁,涂抹诗书如老鸦"诗句,描述他的儿子乱写乱画之举。后人们便以"涂鸦"指称书画创作,多为自谦之词。词以闲适为主题,闲适中又不乏格调。妙在雅俗之间。

浣溪沙

寒夜羁旅中,听邻人吹尺八弹琴①,
尽成幽怨之音矣。赋此寄意

户外轻霜暗湿衣②。檐前新月又如眉。心事万重云万里,夜寒时。　尺八吹成长笛怨,七弦弹作两情悲③。多少栖鸦栖不定,尽南飞④。

【注释】①"吹尺八弹琴":吹奏尺八,轻弹古琴。"尺八":中国传统乐
器,竹制,以管长一尺八寸而得名。其音色苍凉辽阔,又能表现出空灵、恬
静的意境。

②"户外轻霜暗湿衣":窗外的薄霜悄悄打湿了窗下的衣服。"轻霜":
薄霜。宋欧阳修《诉衷情·眉意》有"清晨帘幕卷轻霜"词句。

③"七弦弹作两情悲":七弦琴弹奏着你和我悲伤的心绪。"七弦":指
七弦琴,有七根弦。唐刘长卿《弹琴》有"泠泠七弦上,静听松风寒"诗句。

④"多少栖鸦栖不定,尽南飞":悲怨的曲调让枝头的栖鸦都不忍再
听,它们在寒夜中纷纷飞向南方。化用魏曹操《短歌行》"月明星稀,乌鹊
南飞。绕树三匝,何枝可依"诗意。

吕碧城

吕碧城(1883—1943),字遁天,号明因,后改作圣因,别署晓珠、信芳词侣等,安徽旌德(今属宣城)人。1904 年,受聘为《大公报》编辑,开始发表诗词。1907 年秋瑾遇难后,吕碧城用英文撰写《革命女侠秋瑾传》,在美国纽约、芝加哥等地报纸发表。曾任北洋女子公学校长。入民国,曾出任总统府机要秘书等职。1918 年,赴美国哥伦比亚大学留学。1926 年,再度漫游欧美,创作大量描述西方风土人情的诗词。有《晓珠词》四卷。

生查子

清明烟雨浓,上巳莺花好①。游侣渐凋零,追忆成烦恼。　当年拾翠时②,共说春光早。六幅画罗裙,拂遍江南草③。

【注释】①“上巳”:农历三月初三。

②“拾翠”:拾取翠鸟羽毛以为首饰。后多指妇女游春。魏曹植《洛神赋》有“或采明珠,或拾翠羽”。唐吴融《闲居有作》有“踏青堤上烟多绿,拾翠江边月更明”。

③“六幅画罗裙,拂遍江南草”:绣有漂亮图案的飘逸绸裙,随着女子的步伐一路掠过江南的青草地。五代孙光宪《思帝乡》(如何):“六幅罗

裙窣地,微行曳碧波。""六幅":用六幅布帛竖向缝合而成。"画罗裙":绣有图案的丝绸裙子。

浪淘沙

寒意透云帱[①],宝篆烟浮[②]。夜深听雨小红楼。姹紫嫣红零落否,人替花愁。　临远怕凝眸,草腻波柔。隔帘咫尺是西洲[③]。来日送春兼送别,花替人愁。

【注释】①"寒意透云帱":寒气穿透帷幕。

②"宝篆烟浮":沉香的烟雾如篆字一样飘浮。"宝篆":形容沉香点燃时烟如篆体字的形状。

③"隔帘咫尺是西洲":隔着窗帘的不远处,便是令人牵挂的西洲。"隔帘"与首句"云帱"相呼应,"西洲"与"临远怕凝眸,草腻波柔"相对应。"西洲":南朝民歌《西洲曲》中所描写的一个令抒情主人公日夜思念的地方。诗曰:"忆梅下西洲,折梅寄江北。单衫杏子红,双鬓鸦雏色。西洲在何处? 两桨桥头渡。"

汤国梨

汤国梨(1883—1980)，字志莹，号影观，浙江乌镇(今属桐乡)人。早年入上海务本女学。毕业后任教于吴兴女校。入民国，创办神州女学和《神州女报》。随章太炎先生先后在苏州的"章氏国学讲习社"，以及上海的"太炎文学院"任职。有《影观楼诗稿》《影观楼词稿》。

蝶恋花
仲弟在辽阳，闻有战事，
老母倚闾之思甚切①，书此寄之

畅望长河天欲黑，铁马金戈，塞外风云急。万水千山归不得，鱼沉雁断愁何极。　倚栏萧萧双鬓白，指点归鸿，涕泪空沾臆。木叶飘摇风不息，残阳影里啼乌集。

【注释】①"倚闾之思"：参见前注。意谓靠着家门思念子女。形容父母盼望子女归来的迫切心情。《战国策·齐策六》："女朝出而晚来，则吾倚门而望，女暮出而不还，则吾倚闾而望。""闾"：古代里巷的门。

吴　梅

　　吴梅(1884—1939)，字瞿安，号霜厓，江苏长洲(今苏州)人。一生从教。1905年至1916年，先后在苏州东吴大学堂、南京第四师范等校任教。1917年至1937年间，在北京大学、国立东南大学、国立中央大学、中山大学、光华大学、金陵大学任教授。对诗、词、曲三体均有创作与研究成果。龙榆生评价吴梅"专究南北曲，制谱、填词、按拍一身兼擅，晚近无第二人也"。有《霜厓词录》一卷、《霜厓诗录》四卷、《霜厓曲录》二卷、《词学通论》等。

清平乐

　　溪山秋晚，雁阵惊风散。一棹夷犹行未远，绕遍汀蓼岸。　　几多茅舍村庄，此中安稳江乡。却笑频年避地，不如画里渔郎①。

　　【注释】①"却笑频年避地，不如画里渔郎"：倒是嘲笑自己多年避乱他乡，不如捕鱼人在如画的水乡安稳生活。

诉衷情

庭锁,花朵,同梦妥①。晚风轻。携画扇,相伴,扑流萤②。此夕卧江城。秋清。千山笳鼓声,怕重听③。

【注释】①"庭锁,花朵,同梦妥":庭院内的花朵与梦见的十分相似。

②"携画扇,相伴,扑流萤":携带绘有图案的绫罗小扇,扑打飞舞的萤火虫。化用唐杜牧《秋夕》"轻罗小扇扑流萤"诗句。

③"千山笳鼓声,怕重听":担心再次听到满山的战鼓声。意谓希望早日停止战火。"笳鼓声":笳声与鼓声。借指战斗的号角声。

采桑子　闻歌有赠

舞衣初试惊鸿影①,身是青娥,心是霜娥②。每对清商唤奈何③。　情场哀乐都尝遍,艳梦无多,热泪偏多。如此江山合放歌④。

【注释】①"舞衣初试惊鸿影":初次穿上舞衣的身影轻盈柔美,犹如惊飞的鸿雁。化用吴文英《三姝媚》(酣春青镜里)"正楚腰纤瘦,舞衣初试"和魏曹植《洛神赋》"其形也,翩若惊鸿,婉若游龙"诸句诗意。

②"身是青娥,心是霜娥":意谓歌女地位低下,但其品性高洁。"青娥":美丽的少女。这里指歌女。元李材《海子上即事》诗:"少年勿动伤春感,唤取青娥对酒歌。"明夏完淳《青楼篇与漱广同赋》:"长安大道平如组,青娥红粉娇歌舞。""霜娥":传说中的霜雪之神,亦称青女。《淮南子·

天文训》:"至秋三月……青女乃出,以降霜雪。"

　③"清商":清商乐,又称清商曲。这里指音调凄清悲凉的乐曲。

　④"合放歌":应当放声歌唱。

李国模

李国模（1884—1930），安徽合肥人。曾在北京国子监就读。山东候补道。赏戴花翎，加二品顶戴。诰授资政大夫。为李鸿章侄孙。著有《合肥词钞》四卷，《吟梅吟草》一卷，《瘦蝶词》一卷、附一卷。

望江南　海上纪事五首之一

无个事，曳杖出城东。柳巷说书奇侠传①，榕阴习剑少林宗②。拍手笑儿童。

【注释】①"柳巷说书奇侠传"：种着柳树的小巷里，说书人正在讲着奇侠故事。
②"榕阴习剑少林宗"：榕树底下，有人正在练习少林的剑术。

清平乐　重过荔香院旧址感作

平康坊路，十九年前住。门对青溪杨柳渡，家在绿阴深处。　依稀丁字帘栊①，者番凤去台空②。不管水流花谢，一齐付与东风。

②"者番":这番,这次。

清平乐　山海关三首之二①

　　九门隘口,一卒当关守。秋老轮台风夜吼②,扑面沙飞石走。　昔时夷夏分封③,今成车轨交通④。嘉峪亦称天险⑤,遥遥对峙西东。

【注释】①"山海关":位于河北省秦皇岛市东北处,明洪武十四年(1381)筑城建关设卫,因其依山襟海,故名山海关。

②"秋老轮台风夜吼":深秋的边塞,夜晚狂风怒吼。"轮台":古地名,在今新疆轮县台南。这里指边塞。

③"夷夏":夷狄与华夏的并称,指少数民族地区与内地。"分封":指分封制,即古代皇帝或国王分封诸侯的制度。

④"今成车轨交通":如今车来人往,互相交流。

⑤"嘉峪":指嘉峪关,位于今甘肃省嘉峪关市西部最狭窄的山谷中部。始建于明洪武五年(1372)。下句"遥遥对峙西东",即是指嘉峪关与山海关东西相对。

黄 侃

黄侃(1886—1935)，字季刚，号量守居士，湖北蕲春(今属黄冈)人。1903年，黄侃考入武昌文华普通中学堂。1905年，在湖广总督张之洞帮助下留学日本。在东京师事章太炎。1914年后，曾在北京大学、武昌高等师范、北京师范大学、山西大学、东北大学、中央大学、金陵大学等学校任教。黄侃擅长音韵训诂，兼通文学。著有《黄季刚诗文集》等。

采桑子

今生未必重相见①，遥计他生②。谁信他生③。缥缈缠绵一种情④。　当时留恋成何济⑤，知有飘零。毕竟飘零⑥。便是飘零也感卿⑦。

【注释】①"今生未必重相见"：今生不一定能再次相见。

②"遥计他生"：长久地考虑来生的事。

③"谁信他生"：谁能相信来生？

④"缥缈缠绵一种情"：若有若无的感情，往往也是难分难舍的感情。

⑤"当时留恋成何济"：当初不忍舍弃，如今还是无济于事。

⑥"毕竟飘零"：到底还是天各一方。

⑦"便是飘零也感卿"：即使天各一方，依然感念着你。

邵瑞彭

邵瑞彭（1887—1937），字次公，又字次珊，别署小黄昏馆等，浙江淳安人。早年就读于慈溪浙江省立优级师范学堂，参加南社。1912年，出任国会众议院议员。后被聘为清史馆协修。先后任教于北京大学、省立河南大学。有《扬荷集》四卷、《山禽余响》一卷、《小黄昏馆词》、《次公词稿》等。

归自遥

春又晚。燕子归来帘不卷[①]。柳花风起红楼远。　阳关唱彻千万遍。浮云变，故人却在潇湘岸[②]。

【注释】①"燕子归来帘不卷"：燕子回来时，帘子已下挂。反用清钱蘅生《暮春》"燕子归来风卷帘"句。

②"故人却在潇湘岸"：老朋友却在潇湘的岸边。化用宋范成大《深溪铺中二绝追路寄呈元将仲显二使君》"故人合在潇湘见，却向潇湘别故人"诗句。

踏莎行

疑雨疑云,非烟非雾。江南江北山无数。故宫春尽见杨花,夜潮呜咽西陵渡。　网结千丝^①,钗留一股^②。当时总被朱颜误。不辞双泪为君垂^③,啼鸦声里闻歌舞。

【注释】①"网结千丝":意谓愁绪如千丝结成的渔网一般纷乱。清沈鎏《浣溪沙》(燕子楼头燕子栖)"愁可为珠拌十斛,帘偏如网结千丝"。

②"钗留一股":金钗留下一股。指分别赠送信物。化用唐白居易《长恨歌》"钗留一股合一扇,钗擘黄金合分钿"诗句。

③"不辞双泪为君垂":任凭思念的泪水为你而流。

渔歌子　桐庐江上^①

船家小女字桃根^②,日日弹筝送远人。扬皓齿,发朱唇,水调声声不忍闻^③。

【注释】①"桐庐江":即桐江,在今浙江省桐庐县。

②"船家":指"江山九姓船",明清时航行在浙东钱塘江上的一种妓船。据清戴槃《裁严郡九姓渔课考》记:"建德县有九姓渔船者,不知所自始。相传陈友谅明初抗师,其子孙九族贬入舟居,以渔为生,改而业船……原编伏、仁、义、礼、智、信、捕七字号……其船有'头亭''菱白'两种,其家属随船,皆习丝弦、大小曲,以侑觞荐寝。船有'同年嫂''同年妹'之称,其实嫂、妹皆佣觅桐庐、严州人为之,世人误'桐严'为'同年',故有

此称。船只名为'江山',而实非真江山船也。"清洪亮吉有《江山船》诗曰:"江山船,船九姓,世作婚姻无别订。江山船,左右蠡作窗,持篙之妹皆一双。江山船,两边柱,人数不论论铺数,一铺一人随意住。兰溪西郭桐庐东,水绿总照山花红。沉沉夜漏时开燕,蠡壳窗中蟾魄见。萧郎老去不伤春,窥鬓不须仍觌面。邻船箫鼓何盈盈,我心转比严陵清。娘持篙,妹持花,行客篷窗自高卧。君不见,镜云一朵忽飞来,只认散花天女过。""桃根":晋王献之爱妾桃叶之妹。这里指在"江山九姓船"卖艺的歌妓。

③"水调声声不忍闻":歌女演唱的曲调哀怨伤感,令人不忍听闻。"水调":曲调名。明胡震亨《唐音癸签·乐通二》:"《海录碎事》云:'隋炀帝开汴河,自造《水调》。'按,《水调》及《新水调》,并商调曲也。唐曲凡十一迭,前五迭为歌,后六迭为入破。"宋贺铸《采桑子》词:"谁家《水调》声声怨,黄叶秋风。"

刘伯端

刘伯端(1887—1963)，名景堂，一名景棠，以字行，福建上杭人。早年供职广东学务公所。1913 年移居香港，就职于香港华民署，任文案。与章士钊等交往。曾加盟南社。著有《沧海楼词钞》《心影词》《燕芳词册》等。

鹧鸪天

前度来时月正中。今宵无奈雨和风。不知沙岸当年迹，能否依稀认爪鸿。　惊旧梦，太匆匆。人生欢会几回同。眼前风景君须惜，比似烟花一霎红①。

【注释】①"比似烟花一霎红"：犹如烟花的绚丽，转瞬即逝。

浣溪沙
夏日车过石龙①，就眼前景物，点缀小词

十里平田晚稻香②。荔枝红过又槐黄③。双桥虹落跨横塘④。　摇落村沽初散市⑤，微茫社火渐腾

光⑥。暮鸦归去恋斜阳⑦。

【注释】①"石龙"：石龙镇，在今广东东莞境内。

②"十里平田晚稻香"：一望无际的稻田，飘来阵阵的稻香。化用宋范成大《浣溪沙·江村道中》"十里西畴熟稻香"词句。

③"荔枝红过又槐黄"：荔枝长熟变红之后，槐花也变黄了。表现夏天植物的生长与变化。

④"双桥虹落跨横塘"：双桥犹如彩虹跨越横塘。化用唐李白《秋登宣城谢朓北楼》"双桥落彩虹"。"虹落"：指倒映在水中的桥影。

⑤"摇落村沽初散市"：冷清的乡村酒肆将要散市。

⑥"微茫社火渐腾光"：祭祀的社火，由微弱渐渐明亮闪烁起来。

⑦"暮鸦归去恋斜阳"：暮色中的乌鸦依依不舍地离开夕阳而归巢。

何 遂

何遂(1888—1968),字叙甫,福建侯官(今福州)人。早年考入河北保定陆军随营军官学堂(后改称陆军大学),加入中国同盟会。曾任陆军大学教官。1928年,任黄埔军官学校教育长。林葆恒《词综补遗》称其"少习军备,长统军队,而不废咏歌。儒将风流,畅衷自喜,亦近时不多得之将才也"。著有《叙圃词》。

浪淘沙

门外即天涯①,飞絮谁家。凄凉别院听琵琶。杨柳千条难系马,浪藉桃花。　曲曲碧阑斜,可惜韶华。离愁幽恨两交加②。犹记小楼人独倚,数尽归鸦③。

【注释】①"门外即天涯":出了家门便是天涯。唐刘禹锡《和令狐相公别牡丹》有"莫道两京非远别,春明门外即天涯"诗句。

②"离愁幽恨两交加":眼下经历的离愁和内心深藏的怨恨交织在一起。

③"犹记小楼人独倚,数尽归鸦":还记得独自站在小楼上,点算着归巢的乌鸦。喻指等待亲人回家。化用宋辛弃疾《玉蝴蝶》"佳人何处,数尽归鸦"。

石志泉

石志泉(1889—1960),名美瑜,号友儒,湖北省孝感市孝昌县人。早年赴日本东京帝国大学攻读法律专科。1916年归国,历任奉天高等审判厅厅长,北京政府大理院推事、司法部次长等职。1923年投身教育界,先后在国立法政大学、朝阳大学、北平大学、重庆大学、南京大学任教。有《剪春词》《殆隐遗稿》。

卜算子　春暮送别

容易别君归,无计留春住①。今日送君已断肠,那更惊春去②。　春去肯重来,君去还来否。等到明年赶上春,君又知何处③。

【注释】①"无计留春住":没有办法把春天留住。化用宋欧阳修《蝶恋花》(庭院深深几许)"雨横风狂三月暮,门掩黄昏,无计留春住"。

②"那更惊春去":还要担心春天即将结束。"那更":沿用宋元口语词,"那"无义。

③"等到明年赶上春,君又知何处":等到明年春天来到时,不知你又会在哪里。化用宋王观《卜算子·送鲍浩然之浙东》"才始送春归,又送君归去。若到江南赶上春,千万和春住"诸句词意。

向迪琮

向迪琮(1889—1969),字仲坚,号柳溪,四川双流(今属成都)人。早年就读于四川铁道学堂土木工程专业。入民国,任北京内务部土木司水利科科长、四川大学教授等。曾校订《韦庄集》,其《后记》曰:"端己词,散见各书,向无专集。兹从《花间集》抄四十八首,《尊前集》抄五首,《草堂诗余》《历代诗余》各抄一首,共为五十五首,并与《全唐诗》所收五十四首相校,其差异处,亦经分别校定,特写一卷,名曰《浣花词集》。"林葆恒《词综补遗》称其"笃嗜倚声,为朱彊邨侍郎所赏"。著有《柳溪长短句》《柳溪词话》。

御街行

去年佳节当晴昼①。枫径红如绣②。城中金络玉骢嘶,城外雕轮飞骤。水村山馆,风亭月榭,曾醉茱萸酒③。　今年行役河梁久④。往事劳回首。边城烽火烛天明⑤,夜夜寒声刁斗⑥。黄花无主,故人何在,佳节还依旧。

【注释】①"去年佳节当晴昼":去年的这个节日正好是晴天。"佳节":依下文"曾醉茱萸酒"句,当为重阳节。

②"枫径红如绣":铺满枫叶的小路鲜红明亮,好像一幅刺绣。

③"曾醉茱萸酒":曾因畅饮茱萸酒而醉。"茱萸酒":南宋吴自牧《梦
粱录》:"今世人(于重阳节),以菊花、茱萸,浮于酒饮之,盖茱萸名'辟邪
翁',菊花为延寿客。"唐白居易《九日登巴台》有"闲听竹枝曲,浅酌茱萸
杯"诗句。

④"今年行役河梁久":如今长久在外地服役。"行役":指因服兵役、
劳役或公务而出外跋涉。泛指在外奔波。"河梁":桥梁,泛指他乡。

⑤"边城烽火烛天明":边城的战火把夜空照亮。与"今年行役河梁
久"呼应。

⑥"夜夜寒声刁斗":每个寒夜里都响起打更声。"刁斗":古代行军用
具。斗形有柄,铜质,白天用作炊具,晚上击以巡更。

凄凉犯　于役浑河感赋①

柳堤尽日潇潇雨,新凉早透帘幕。暝烟四起,
风灯历乱②,一庭离索③。危栏自若④,但今古、长河
浪浊。听荒城、吹残戍角,慷慨待横槊⑤。　追念平
生事,挟策湖湘,骋才京洛⑥。豪情纵在,易消沉、少
年宗悫⑦。万里悲吟,渐双鬓、吴霜飞着⑧。换闲情、
只有载酒、试夜酌⑨。

【注释】①"于役浑河":在浑河服役。"浑河":流域范围在今辽宁省
中东部。

②"风灯历乱":灯火在风中飘忽不定。

③"一庭离索":整个庭院一片萧索。

④"危栏自若":镇静地站在高高的栏杆旁。

⑤"慷慨待横槊"：情绪激昂，等待挥戈上阵。"横槊"：横持长矛。指上阵作战。

⑥"挟策湖湘，骋才京洛"：在湖湘勤奋读书，在京城施展才华。"挟策"：手拿书本，喻指勤奋读书。

⑦"易消沉、少年宗悫"：改变消沉的意志，要像少年宗悫那样抱负远大。《宋书·宗悫传》："宗悫，字元干，南阳涅阳人也。叔父炳高尚不仕。悫年少时，炳问其志，悫曰：'愿乘长风破万里浪。'"

⑧"渐双鬓、吴霜飞着"：两鬓渐渐斑白，像是飞满吴地的霜花。

⑨"换闲情、只有载酒、试夜酌"：为换心情，只有带上酒，试着在夜晚品尝。

浣溪沙

天下纷纷未肯休。十年华屋换荒丘①。又看烽火照渝州②。　自放楼船穿怒浪，欲凭息壤塞横流③。不辞排日此勾留④。

【注释】①"十年华屋换荒丘"：几年过去，华丽的房屋变成了荒凉的土丘。"十年"：泛指多年。

②"烽火照渝州"：战火燃烧在渝州大地上。"渝州"：今重庆。

③"欲凭息壤塞横流"：想用息壤堵住横流的洪水。"息壤"：传说中一种可以自动生长的土壤。传说荆州便有一处息壤的遗迹。

④"不辞排日此勾留"：每天不辞劳累作这样的停留。"排日"：每日。"勾留"：停留，逗留。

袁克文

袁克文(1889—1931),字豹岑,别署寒云,河南项城人,袁世凯次子。擅长书法、诗词。1914年,易实甫为其刊印《寒云诗集》三卷。晚年客居上海。撰有《辛丙秘苑》《洹上私乘》等笔记。有《洹上词》不分卷,由张伯驹等人在袁克文身后为其刊印。

踏莎行　有忆

春去多时,秋来未半,眼中花树轻轻换。窥帘明月自依依,当楼不见伊人面[①]。　醉醒都劳,思量更倦,今宵梦近天涯远[②]。遥知立尽几黄昏[③],西风又到闲庭院。

【注释】①"窥帘明月自依依,当楼不见伊人面":月亮依依不舍地窥视着帘幕,面对高楼却没有看见里面的人。以月喻己。化用唐孟昶《避暑摩诃池上作》"帘开明月独窥人"和宋蔡伸《朝中措》"章台杨柳自依依"诸句。

②"今宵梦近天涯远":今晚很快进入梦乡,但梦中的你依旧远在天边。

③"遥知立尽几黄昏":遥远的你可知我多少次从黄昏等到日落。

汪 东

汪东(1890—1963),原名东宝,后改名东,字旭初,号寄庵。早年就读上海震旦大学,1904年东渡日本,师从章太炎,与黄侃、钱玄同、吴承仕同为章门四弟子。1910年回国。后担任《大共和报》撰述。1930年起,历任中央大学文学院院长、国民党政府监察院监察委员、复旦大学教授、国立礼乐馆馆长、国史馆修纂等职。有《梦秋词》《汪旭初先生遗集》(沈云龙编,台湾文海出版社,1974年)。

蝶恋花

日日登楼千百度。咫尺人间,更比仙山阻。断尽柔肠无说处,而今才解相思苦。　独坐沉吟还独语。独展芳樽,泪落空盈俎①。独自寻春春又去,绿阴总化相思树②。

【注释】①"泪落空盈俎":泪水徒然落满酒杯。"空":徒然,白白地。"俎":古代祭祀时放祭品的器物。这里指上句的"芳樽",即酒杯。
②"绿阴总化相思树":翠绿的树荫,仿佛成为人们引发相思的树林。

任援道

任援道(1890—1980)，字亮才，号豁庵，江苏宜兴人。早年毕业于河北保定军官学校，曾任平津警备司令。抗战期间附逆汪伪政府。抗战结束后，遁至香港，后客居加拿大。有《青萍词》一卷。

木兰花慢

风阻水西，梦中用《破阵子》调仿稼轩作壮语[1]，
既醒，忘之。感赋此阕

水村风味冷，数往事，感流年。况斜日昏昏，平林漠漠，暝色浮烟。清欢。暗随水去，倩东风扶影上归船。今夜魂飞鸥渚[2]，昨宵梦到吟边[3]。　　流连。有泪湿征鞯[4]，曾记旧时缘。把玉笛横吹，青萍细看，傲骨依然。无言倚篷悄坐，笑词仙底事苦缠绵[5]。伴却君王天下[6]，酣嬉儿女灯前[7]。

【注释】①"水西"：在今贵州省毕节市。"梦中用《破阵子》调仿稼轩作壮语"：指宋辛弃疾《破阵子·为陈同甫赋壮词以寄之》词。

②"今夜魂飞鸥渚"：今晚自己的心思已经远离尘世，飞到向往的地

方。化用宋吴潜《青玉案》(十年三过苏台路)"鹭洲鸥渚,苇汀芦岸,总是消魂处"诸句。

③"昨宵梦到吟边":昨晚在梦中来到了作诗填词的情境。即词序所言"梦中用《破阵子》调仿稼轩作壮语"。"吟边":诗人作诗的情境。

④"有泪湿征鞯":泪水沾湿了马鞍。化用清张鸣珂《琴调相思引》(纵得相逢已可怜)"铅泪湿征鞯"词句。"征鞯":指马鞍和马鞍下面的垫子。

⑤"笑词仙底事苦缠绵":笑问词人为何事而纠结万分。"词仙":指擅长填词的人。这里为作者自指。

⑥"伴却君王天下":帮助君王治理好天下。化用宋辛弃疾《破阵子》"了却君王天下事"句。

⑦"酣嬉儿女灯前":与儿女们在灯前尽情嬉戏。化用宋高翥《清明日对酒》"夜归儿女笑灯前"诗句。

陈方恪

陈方恪(1891—1966),字彦通,号鸾陂草堂,江西义宁(今九江)人。早年毕业于上海震旦学院。先后任上海《时报》、上海中华书局、商务印书馆、《民立报》及《时事新报》编辑,曾任教于无锡国学专修馆分校。受家学影响,擅长诗词。朱祖谋称其慢词"情深意厚"。钱仲联《近百年词坛点将录》评曰"绝世风神,多回肠荡气之作"。有《殢香馆词》《浩翠楼词》《鸾陂词》等。

浣溪沙

阅尽千花泪湿衣,东风南浦未成归。萋萋芳草伯劳飞。　几日江楼同旷望①,碧云萧淡楚天垂。天涯何事与心违。

【注释】①"旷望":极目眺望,远望。

蔡　桢

蔡桢(1891—1944)，字嵩云，号柯亭词人，江西上犹人。曾执教于省立河南大学。撰《柯亭词论》，《自跋》曰："己卯(1939)、辛巳(1941)间……诸友以予治词有年，或寄篇章以相酬和，或举疑义以相商兑。缄札月必数至，每次作答，累千百言不能尽，所论者莫非词也。长女宜随侍在侧，为录而存之。沪局变后……暇日检点函稿，爰摘其论词之言，略加诠次，构成是编以贻来学。初非有意于著述也，题曰《柯亭词论》，亦不过曰此一人之言而已。"有《柯亭长短句》三卷。

鹧鸪天　壬申仲秋纪梦①

水逝韶华剧可伤②。旧登临处又斜阳。一峰天地成孤峙，千里风烟接混茫。　幽馆闭，小池荒。青衫还向客中凉③。故园西去漫漫路，赢得秋宵别梦长④。

【注释】①"壬申"：指 1932 年。

②"水逝韶华剧可伤"：美好年华似水流逝，令人十分伤感。

③"青衫还向客中凉"：身穿单薄青衫漂泊他乡，一路凉意重重。"青衫"：青色衣衫。古时学子所穿衣服。借指书生。这里作者自指。

④"赢得秋宵别梦长":换来的是秋夜离后的长梦。

鹧鸪天

汴京在宋、金两代为南北词人所萃,流风余韵,

迄今犹有存者。辛未岁,予来河南上庠,

主词学讲席,而淳安邵次公亦讲学于斯,

一时词风蔚然。越岁,而有《夷门乐府》之选,

其中不乏斐然成章者。学子请予题辞,爰拈此调以应之①

河水长流汴水萦。梦华还说旧东京②。大晟北宋新腔续,乐府中州雅咏承③。　无益事,有涯生④。詹詹聊以小言鸣⑤。弥天风雨江山晦⑥,忍听哀时怨乱声。

【注释】①"辛未":指1931年。"上庠":古代大学。这里指河南大学。"邵次公":邵瑞彭,字次公。"《夷门乐府》":邵瑞彭辑,民国二十二年(1933)河南大学刻本。"爰":于是。

②"河水长流汴水萦"两句:看到眼前流淌的河水,便想到昔日梦幻般往事。点明作者与邵瑞彭此时均在河南开封。"汴水""东京"为宋代开封所在的河流名与城市名。宋代孟元老有《东京梦华录》,追述北宋都城东京、开封往事。

③"大晟北宋新腔续"两句:北宋大晟府的创作风尚,被创新与延续;中原文人的诗词风雅被继承发扬。意谓邵瑞彭编《夷门乐府》词集之举,是对中原词人创作传统的继承。"大晟":北宋音乐机构。喻指词人的创作场所。

④"无益事,有涯生":看起来无益的小事,也能丰富一个人有限的生命。清项鸿祚《忆云词丙稿·自序》有"不为无益之事,何以遣有涯之

生"语。

⑤"詹詹聊以小言鸣":身边小事,正好可以用小词来表达。指《夷门乐府》作所表现的正是作者感悟到的一些细小之事。《庄子·齐物论》:"大言炎炎,小言詹詹。""詹詹":言语琐细。

⑥"弥天风雨江山晦":满天风雨,山河一片昏暗。

烛影摇红
甲申立春前夜书感①,意有未尽,再次彊村韵

门外荒寒,昼阴连日层云敛。雨凄风惨障春来,深墨凝天坠②。依旧胡尘盖地③。客心惊、悲笳四起。波涛狂涌,倒海声中,危舟难系。 龙战千场④,破空今古离奇事。直教焦土遍人间⑤,点点哀时泪。幻境楼台慢倚。锁神州、迷漫蜃气⑥。浇愁凭酒,酒醒愁回。予怀谁寄。

【注释】①"甲申立春前夜":1944年2月4日,农历正月十一。

②"深墨凝天坠":天空黑云密布,好像就要下坠。"深墨":指浓厚的云层。宋苏轼《六月二十七日望湖楼醉书》:"黑云翻墨未遮山,白雨跳珠乱入船。"

③"依旧胡尘盖地":外敌入侵的硝烟依旧笼罩着大地。指侵华日军依然占领着中国大地。宋陆游《秋夜将晓出篱门迎凉有感二首》(其二)有"遗民泪尽胡尘里,南望王师又一年"诗句。

④"龙战千场":指经历无数场战役。"龙战":群龙在荒野大战。比喻群雄角逐。出自《周易·坤》:"龙战于野,其血玄黄。"这里指中国军队抗击日本侵略军。

⑤"破空今古离奇事。直教焦土遍人间":意谓当时战争造成了空前

· 188 ·

的危害。特指国民党军队在长沙抗击日寇时采用"焦土政策"。

⑥"锁神州、迷漫蜃气"：迷漫的蜃气仿佛锁住了神州大地。"蜃气"：一种大气光学现象。光线经过不同密度的空气层后发生显著折射，使远处景物显现在半空中或地面上的奇异幻象。常发生在海上或沙漠地区。古人误以为蜃吐气而成，故称。《史记·天官书》有"海旁蜃气象楼台，广野气成宫阙然"。这里指纷繁多变的时代氛围。

胡　适

胡适(1891—1962),字适之,安徽绩溪(今属宣城)人。早年考取庚子赔款官费生,留学美国。1917年回国,任北京大学教授。1918年加入《新青年》编辑部。曾任中华民国驻美大使、北京大学校长等职。倡导白话文。曾出版白话诗集《尝试集》以及《白话文学史》论著。著有《胡适文存》等。

临江仙①

隔树溪声细碎,迎人鸟唱纷哗。共穿幽径趁溪斜。我和君拾葚②,君替我簪花③。　更向水滨同坐,骄阳有树相遮。语深浑不管昏鸦,此时君与我,何处更容他。

【注释】①“《临江仙》”:1939年5月17日,胡适将自己留美时期的日记《藏晖室札记》寄给美国韦莲司(Edith Clifford Williams,1885—1971),并附有一信。信中提醒她,《日记》第四册第667页、第749页、第795至796页有三首诗词是记录他们之间的交往。其中之一便是这首《临江仙》(《胡适留学日记》岳麓书社2000年)。

②“拾葚”:采拾桑葚。“葚”:桑树的果实,味甜,可食。用汉代蔡顺拾葚事亲典故。

③"簪花":戴花。

虞美人

先生几日魂颠倒①。她的书来了。虽然纸短却
情长。带上两三白字又何妨。　可怜一对痴儿女。
不惯分离苦。别来还没几多时。早已书来细问几
时归。

【注释】①"先生":指朱经农(1887—1951),浙江浦江人。据《胡适留
学日记》:"经农寄二词,其序曰:'昨接家书,语短而意长,虽有白字,颇极
缠绵之致,晨间复得一梦。于枕上成两词,录呈适之,以博一笑。'经农去
国才四五月,其词又有'传笺寄语,莫说归期误'之句。因作一词戏之(此
为吾所作白话词之第一首)。"

乔曾劬

乔曾劬(1892—1948),字大壮,号壮殹,别署波外翁,华阳(今成都)人。毕业于北京译文馆。曾任北京图书馆管理员、实业部秘书、中央大学艺术系教授、台湾大学中国文学系教授等职。词学研究与词创作并重。有《波外乐章》四卷、《乔大壮先生手批周邦彦〈片玉词〉》(黄墨谷辑)。

踏莎行

马足关河,莺啼院宇①。旧经行地无寻处。无情惟有纸鸢风,年年吹绿台城树。　三月桃花,一汀芳杜②。柳绵如雪飞还住。夕阳西下水东流,兰舟好载春愁去。

【注释】①"马足关河,莺啼院宇":战马在山河间奔跑,黄莺在庭院中啼唱。
②"一汀芳杜":河边的平地长满芳香的杜若。"芳杜":杜若。别名地藕、竹叶莲。属多年生草本。

小重山

江树成阴岸草齐。楝花开未半^①、杜鹃啼。伯劳东去燕西飞^②。相逢梦,更远更依依。　杨柳笛中吹^③。小红亭子外、雨如丝。一天寒色冶春归^④。黄昏后,人影度帘衣^⑤。

【注释】①"楝花开未半":楝树花还在开放中。楝花始于暮春,收梢于初夏。《花镜》曰:"江南有二十四番花信风,梅花为首,楝花为终。"

②"伯劳东去燕西飞":伯劳燕子各飞东西。比喻夫妻或情侣别离。化用《乐府诗集》杂曲歌辞八《东飞伯劳歌》:"东飞伯劳西飞燕,黄姑织女时相见。"元王实甫《长亭送别》也有"伯劳东去燕西飞"句。

③"杨柳笛中吹":笛子吹奏的是诉说离别之情的曲调。"杨柳":指表现惜别之情的歌曲。如《杨柳枝》等。

④"冶春归":游春归来。

⑤"黄昏后,人影度帘衣":月光下,人的影子投射在帘幕上。形容从傍晚起等待家人归来,一直等到月光将自己的身影照到帘幕上。表示等待时间之久。"帘衣":帘幕。《南史·夏侯亶传》:"(亶)晚年颇好音乐,有妓妾十数人,并无被服姿容,每有客,常隔帘奏之,时谓帘为夏侯妓衣。"后因谓帘幕为帘衣。宋周邦彦《浣溪纱》有"风约帘衣归燕急,水摇扇影戏鱼惊"词句。

童季龄

童季龄(1892—1994)，又名童锡祥，四川南充(今属重庆)人。早年考入北京清华学校，选派为官费留美学生，先后就读于芝加哥大学、加州大学伯克利分校。1944年至1948年，参与国民政府和各有关国家进行关贸总协定谈判。1950年前往香港，后转赴美国。词作收录于《吴芳吉全集》。《吴芳吉全集》卷四："余友南川童季龄，君子也，亦雅人也。清末招考清华留美童生，相识于省垣试中，一见至于订交。榜录后，西蜀凡十八人，入京殿试。十八人中，惟季龄之文章道德，独冠群伦。"

浪淘沙①

木落万山秋，夕照当楼②。长天万里苦凝眸。目送南北征雁影，不见归舟。　夜月浸帘钩，恰挂眉头③。砧声断续五更愁④。频向枕边寻旧梦，梦也无由⑤。

【注释】①"浪淘沙"：《吴芳吉全集》卷四："余在都门时，季龄又示我一纸，题曰《闺怨》，盖《浪淘沙》词也。"
②"夕照当楼"：夕阳正照射在小楼上。化用宋柳永《八声甘州》(对潇潇暮雨洒江天)"残照当楼"词句。

③"夜月浸帘钩,恰挂眉头":夜晚,月光透过帘幕,正好照在眉梢上。化用南唐李煜《捣练子令》(深院静)"数声和月到帘栊"词句。

④"砧声断续五更愁":连续不断的捣衣声,令人彻夜愁怨。化用南唐李煜《捣练子令》(深院静)"断续寒砧断续风"词句。

⑤"频向枕边寻旧梦,梦也无由":屡屡希望回到昔日的梦中,却无法找到那个梦。化用明凌义渠《邯郸吕仙祠·其一》"小儿梦含桃,频向枕边觅"诗句。

姚鹓雏

姚鹓雏(1892—1954)，以号行，原名锡钧，字雄伯，笔名龙公。松江县(今上海松江区)人。早年，入京师大学堂学习。入民国，历任上海《太平洋报》、新加坡《国民日报》、上海《申报》及《江东》《春声》等报刊编辑。诗词有《恬养簃诗》五卷、《苍雪词》三卷，又与邑人朱鸳雏合著《二雏余墨》行世。

蝶恋花　秋思，戊寅在贵阳①

梦浅愁深无意绪。帘掩新寒，乍觉秋如许②。凉叶自飘檐畔树③，不关日日风和雨。　独上层楼还独伫。山尽天低，惟有云来去。蝉曳残声声又住④，晚鸦三两归何处。

【注释】①"戊寅"：1938年。

②"乍觉秋如许"：忽然感觉秋意如此浓重。化用清纳兰容若《清平乐》(才听夜雨)"便觉秋如许"句。

③"凉叶"：指秋天的树叶。

④"蝉曳残声"：秋蝉发出飘忽不定的叫声。

王芃生

王芃生（1893—1946），原名大桢，别署曰叟，字芃生，后以字行，湖南醴陵人。早年，考入陆军军需学校学习，后留学日本多年。曾任驻日大使馆参事、国民政府交通部次长等。一生著述较多。先后出版《时局论丛》《日本古史辩证》《日本古史之伪造及山海经》《土耳其论文集》《匈奴史之新研究》等。著有《小梅溪堂诗存》《莫哀歌草》等。

清平乐
春日感事补序，癸丑作于北平①

才逢春半。何事成分散②。千缕柔丝浑欲乱。忽被狂风吹断。　是谁妆就春容。更怜几树嫣红，荒径落花无主，一任雨洗烟封③。

【注释】①"癸丑"：1913 年。

②"才逢春半。何事成分散"：春天才刚来不久，为什么树上的花朵已开始散落。明写花瓣离开树枝，暗写亲友分别。

③"一任雨洗烟封"：任凭落花被雨水冲刷，被烟雾困住。"雨洗"：宋韩元吉《减字木兰花》"风梳雨洗"句。"烟封"：烟雾困绕。

南歌子

全州观剧有感,丁丑冬作①

激越祢衡鼓②,凄凉伍子箫③。动人风义认前朝。便似眼前歌哭,也魂销。　　阅世黄粱熟④,怀人青眼遥⑤。千秋功罪付渔樵⑥。留取丹心几点,照云霄⑦。

【注释】①"丁丑":1937 年。

②"激越祢衡鼓":祢衡击鼓,鼓声高亢激昂。据《后汉书·祢衡传》:"衡方为《渔阳》参挝,容态有异,声节悲壮,听者莫不慷慨。""祢衡":字正平,少有才华,恃才傲物。孔融向曹操举荐他,只做了鼓史。后归刘表,被黄祖杀害。京剧有《击鼓骂曹》曲目。

③"凄凉伍子箫":伍子胥吹箫,音调凄凉。指春秋时伍子胥于吴市吹箫向人乞讨。据《史记·范雎蔡泽列传》:"伍子胥橐载而出昭关,夜行昼伏,至于陵水,无以糊其口,膝行蒲伏,稽首肉袒,鼓腹吹篪,乞食于吴市。""伍子":伍子胥,名员(一作芸),字子胥,楚国人,春秋末期吴国大夫、军事家。以封于申,也称申胥。

④"阅世黄粱熟":经历的时世,犹如梦中所经历的。清李振钧《检诗稿偶成》有"渐知阅世黄粱熟"诗句。

⑤"怀人青眼遥":向古人表达敬意。即对剧中人物祢衡、伍子胥表达敬意。化用宋蔡襄《梦中作》"青眼看人万里情"。"青眼":眼睛正视时,眼球居中,故青眼表示对人喜爱或尊重。

⑥"千秋功罪付渔樵":千秋功罪让百姓评说。化用明杨慎《临江仙》(滚滚长江东逝水)"白发渔樵江渚上,惯看秋月春风。一壶浊酒喜相逢。古今多少事,都付笑谈中"诸句。

⑦"留取丹心几点,照云霄":用自己的一片忠心像光一样照亮高高的天空。化用宋文天祥《过零丁洋》"留取丹心照汗青"诗句。表达对祢衡、伍子胥两个历史人物的评价。

徐礼辅

徐礼辅(1893—?),字隽村,广东香山(今中山一带)人。有《绿水余音》一卷。

渔歌子

山远江深草未凋。蒙蒙微雨趁秋潮。青箬笠,紫霞箫^①。知过松陵第几桥^②。

【注释】①"青箬笠,紫霞箫":头戴笠帽,吹着超凡脱俗的箫曲。"紫霞":道家谓神仙乘紫霞而行。

②"知过松陵第几桥":可否知道这是船过松陵之后的第几座桥。"松陵":吴江县(今吴江市)的别称。陈沂《南畿志》:"吴江本吴县之松陵镇,后析置吴江县。"宋姜夔《过垂虹》:"自作新词韵最娇,小红低唱我吹箫。曲终过尽松陵路,回首烟波十四桥。"

御街行

琵琶拨尽缠绵语^①。长夜倾杯处。江枫渔火月三更^②,马足匆匆归去。倚楼心事,相望千里,枕上啼秋雨③。　年华销与倾城顾④。回首青山暮。秦丝挥手枉惊人,何似缓移弦柱⑤。桓伊瘦损,文通恨极,城外催津鼓⑥。

【注释】①"琵琶拨尽缠绵语":琵琶弹拨的全都是表现思念之情的音符。宋郑惠真《送水云归吴》有"琵琶拨尽昭君泣"诗句。

②"江枫渔火月三更":深夜的月光,照见江边的枫树和渔船上的灯火。张继《枫桥夜泊》有"江枫渔火对愁眠"诗句。

③"枕上啼秋雨":泪水像秋雨一样淋湿了枕头。化用宋吴文英《点绛唇》(有怀苏州)"一枕啼秋雨"词句。

④"年华销与倾城顾":美好年华都消磨在欣赏美色的时光中。形容虚度年华。"倾城顾":汉代《李延年歌》有"北方有佳人,绝世而独立。一顾倾人城,再顾倾人国"诗句。

⑤"秦丝挥手枉惊人,何似缓移弦柱":挥手急弹筝弦,只是枉自惊人,哪里能比缓弹弦柱更动人。此两句,当化用宋晏几道《蝶恋花》(梦入江南烟水路)结句:"却倚缓弦歌别绪,断肠移破秦筝柱。""秦丝":犹秦筝。唐李商隐《河内》诗之一:"鼍鼓沉沉虬水咽,秦丝不上蛮弦绝。"

⑥"桓伊瘦损,文通恨极,城外催津鼓":如桓伊一样憔悴,如江淹一样愁怨。原来,城外又响起催促渡船启航的鼓声。"桓伊":东晋名将,善于吹笛,作《梅花三弄》。"文通":江淹,字文通,作《恨赋》《别赋》。

刘麟生

刘麟生（1894—1980），字宣阁，笔名春痕，安徽庐江（今合肥）人。曾任南京金陵女子文理学院教授，商务印书馆编辑、中华书局编辑、圣约翰大学教授等。1936 年出版《中国骈文史》。后定居美国。有《春灯词》一卷、《续》一卷。

南歌子
拱宸桥皋园主人属题①

翠户深深掩，朱栏曲曲扶。竹花窈窕柳清腴。此去莫干山路水平铺②。　避世红尘少，娱亲白发疏③。倚楼山色半模糊，待得不寒不暖泛西湖。

【注释】①"拱宸桥"：位于浙江省杭州市区北，东西横跨大运河。始建于明崇祯四年（1631）。

②"此去莫干山路水平铺"：去往莫干山的水路风平浪静。指从杭州通往莫干山走的大运河水路。

③"娱亲白发疏"：自己满头白发还在孝顺父母。西汉刘向《列女传》曰："老莱子孝养二亲，行年七十，婴儿自娱，着五色彩衣，尝取浆上堂，跌仆，因卧地为小儿啼，或弄雏鸟于亲侧。"

浪淘沙　夜宿陶谷

江水共江花,流遍天涯。凄凉谁与惜年华。如此风怀如此夜,月又西斜。　新绿好为家①,一抹烟霞。泥人嗔怨尽由他。梦已难成灯已烬,应妒栖鸦②。

【注释】①"新绿好为家":喝上新酿的酒,便有回家的感觉。与词序"夜宿陶谷"对应,也与结尾"梦已难成灯已烬,应妒栖鸦"形成反衬。"新绿":指新酿的色呈碧绿的酒。宋周紫芝《禽言·提壶卢》有"田中禾穗处处黄,瓮头新绿家家有"诗句。

②"梦已难成灯已烬,应妒栖鸦":灯油都已燃尽,还没能进入梦乡,直叫人嫉妒那醋睡的乌鸦。表示因思乡而难以入睡。宋陆游《赤壁词·招韩无咎游金山》有"素壁栖鸦应好在,残梦不堪重续"词句。

浣溪沙

茶罢归来语尚温,春衫应检旧啼痕。一天烽火日斜曛①。灯影依稀人影散,车声隐甸乐声纷,相逢谁写乱离文②。

【注释】①"一天烽火日斜曛":经历了一天的战火,日落时分,天色昏暗。"曛":昏暗。
②"乱离":遭遇乱世而颠沛流离。

叶圣陶

叶圣陶(1894—1988),原名叶绍钧,江苏苏州人。1916 年,进上海商务印书馆附设尚公学校执教。1919 年,加入北京大学新潮社。1921 年与周作人等人发起成立"文学研究会"。1930 年任开明书店编辑。主办《中学生》杂志。有《叶圣陶集》。

浣溪沙
沪战开始,苏城时有日机数架盘旋空中^①,
居民多举家出城避难者

难得炊烟一缕斜。悄悄坊巷少人家^②。犹听唤卖白兰花。 甘美谁还思藕夹^③,便宜人尚舍鱼虾。桥头数老吃闲茶^④。

【注释】①"沪战":指淞沪会战。始于 1937 年 8 月 13 日,又称八一三战役,是中日双方在抗日战争中的第一场大型会战。"苏城":指苏州城。
②"悄悄":幽寂的样子。
③"藕夹":传统菜式,常见的有脆炸、酥炸、锅贴等制作法。
④"数老":几位老人。

溥　儒

溥儒(1896—1963)，原名爱新觉罗·溥儒，初字仲衡，改字心畬。满族，北京人。清恭亲王奕訢之孙。入民国，隐居北京西山戒台寺，再迁居颐和园，专事绘画。后赴台湾。溥儒不仅擅长书画，而且从小即习诗词。汪辟疆《光宣以来诗坛旁记》曰："近三十年中，清室懿亲，以诗画词章有名于时者，莫如溥贝子儒。"有《凝碧余音》一卷。

桃源忆故人　山中怀海印上人[①]

秋风吹雁归湘浦。只隔断洞庭烟雨。此地巾瓶曾住。空见谈经处[②]。　轻舟一叶孤僧渡。云外数声柔橹。藤瓢尚挂岩前树[③]。谁共西窗雨[④]。

【注释】①"海印上人"：俗姓张，湖南益阳杨溪江人。先后主南岳祝圣寺，益阳白鹿寺，长沙开福寺，沅江景星寺等。其生年不详，民国十三年(1924)圆寂于沅江景星寺。溥儒早年出版的《西山集》中有《赠海印上人诗》十九首。

②"此地巾瓶曾住。空见谈经处"：前句追忆昔日与海印上人在此交游，后句感叹如今物是人非。"巾瓶"：指僧徒侍奉住持禅师。大型禅院侍者多人，其中管理禅师巾布、净瓶者，称为巾瓶侍者。故以"巾瓶"代指侍

奉。"谈经":谈论佛经教义。

　　③"藤瓢尚挂岩前树":藤杖和饮瓢还挂在岩石前的树枝上。"藤瓢":指修行者的基本生活用品。唐张玭《次韵和友人冬月书斋》有"蛮藤络酒瓢"句。

　　④"谁共西窗雨":又有谁能和我一起听西窗外的雨声,表达对海印的思念之情。化用宋梅尧臣《依韵和仲源独夜吟》"谁人共听西窗雨"诗句。

顾 随

顾随(1897—1960)，本名顾宝随，字羡季，笔名苦水，别号驼庵，河北清河县(今属邢台)人。1920年毕业于北京大学英文系。曾在辅仁大学、北京师范大学等任教。1943年，撰写完成《倦驼庵稼轩词说》《倦驼庵东坡词说》。著有《无病词》《味辛词》《荒原词》《留春词》《霰集词》《濡露词》等。

采桑子

水边点点光明灭[①]，恰似春灯。恰似繁星。恰似游魂自在行[②]。　细思三十年间事，如此凄清。一个流萤。自放微光暗处明[③]。

【注释】①"水边点点光明灭"：河边的几个闪光点，或明或暗。据下阕"一个流萤"可知，是萤火虫发出的亮光。

②"恰似游魂自在行"：又好像是浮游的精气在自由自在地行走。"游魂"：古代指浮游的精气。《易·系辞上》："精气为物，游魂为变。"

③"自放微光暗处明"：萤火虫的微光在暗处时更为明显。

临江仙　游圆明园

眼看重阳又过,难教风日晴和。晚蝉声咽抱凉柯①。长天飞雁去,人世奈秋何。　落落眼中吾土②,漫漫脚下荒坡。登临还见旧山河。秋高溪水瘦③,人少夕阳多④。

【注释】①"晚蝉声咽抱凉柯":秋蝉抱着冷冷的树枝,低声鸣叫。化用宋周邦彦《法曲献仙音》"蝉咽凉柯"词句。

②"落落眼中吾土":映入眼帘的是连绵起伏的土地。

③"秋高溪水瘦":秋天气候晴朗,溪中水流变小。

④"人少夕阳多":行人稀少,夕阳满地。

田　汉

田汉(1898—1968),原名田寿昌,湖南省长沙县人。早年考入长沙师范学校,后赴日本东京高等师范英文系。曾创办《南国半月刊》。有《田汉诗选》《田汉文集》。

虞美人　狱中赠伯修①

艳阳洒遍阶前地,狱底生春意。故乡流水绕孤村②,应有幽花数朵最销魂。　由它两鬓纷如雪③,此志坚如铁。四郊又是鼓鼙声④,我亦懒抛心力作词人⑤。

【注释】①"伯修":林伯修,一名杜国庠(1889—1961),左翼作家。

②"故乡流水绕孤村":在家乡,河水绕着村子流淌。化用隋杨广《野望》"流水绕古村"诗句。

③"由它两鬓纷如雪":任凭两鬓斑白如雪花。"由它":任随它。

④"四郊又是鼓鼙声":四周又响起了阵阵战鼓声。"鼓鼙":古代军中使用的乐器,以鼓舞士气。这里喻指战事。

⑤"我亦懒抛心力作词人":意谓自己不想抛掷才华做一个词人。化用唐温庭筠《蔡中郎坟》"莫抛心力作词人"。

张伯驹

张伯驹(1898—1982)，原名家骐，字丛碧，别号游春主人，河南项城人。与张学良、溥侗、袁克文并称"民国四公子"，30岁始写词，写作时间长达55年。其中的情词，大多是写给后来成为其终身伴侣的潘素女士。《瑞鹧鸪》（姑苏开遍碧桃时）一词即是追忆他与潘素情定三生之作。有《丛碧词》二卷、《续》一卷。

虞美人
将有吴越之行，筵上别旧都诸友

离怀易共韶光老，总是欢时少。西风昨夜损华颜，不及春花秋月自年年。　一身载得愁无数，都付江流去。别筵且复按红牙①，明日青衫漂泊又天涯②。

【注释】①"别筵且复按红牙"：离别的筵席上，歌女轻拍红牙板在歌唱。明王鸿儒《读东汉外戚传》有"倾城名妓按红牙"句。

②"青衫"：指官职低微者。这里是作者自指。宋黄庭坚《次韵子瞻春菜》有"公如端为苦笋归，明日青衫诚可脱"词句。

满江红　长江怀古

　　楚尾吴头[①]，还无恙、东南半壁。又历遍、江山满眼，旧曾相识。三国英雄空逝水，六朝名士都陈迹。剩寒潮、日夜走江声，今犹昔。　　慷慨志，中流楫[②]。离索意，梅花笛[③]。恨浪淘不尽，乱愁无极。千载浮云黄鹤杳[④]，万山落日玄猿泣[⑤]。更莫将、幽怨诉琵琶，青衫湿[⑥]。

　　【注释】①"楚尾吴头"：古豫章一带位于楚地下游，吴地上游，如首尾相衔接，故称"楚尾吴头"。泛指长江中下游一带地方。

　　②"慷慨志，中流楫"：胸怀搏击中流的慷慨志向。化用南宋文天祥《正气歌》"或为渡江楫，慷慨吞胡羯"诗句。

　　③"离索意，梅花笛"：别离后的孤独之情都蕴含在笛声之中。与前句"慷慨志，中流楫"形成对比。"梅花笛"：指笛子。因笛曲有《梅花落》，故名。

　　④"千载浮云黄鹤杳"：浮云依旧，黄鹤远去。化用唐崔颢《黄鹤楼》"黄鹤一去不复返，白云千载空悠悠"诗句。

　　⑤"万山落日玄猿泣"：太阳下山，猿猴伤心。化用清纳兰性德《菩萨蛮》(黄云紫塞三千里)"落日万山寒"和清孙枝蔚《满江红·题朱锡鬯处士小像》"那边树，玄猿泣"词句。

　　⑥"更莫将、幽怨诉琵琶，青衫湿"：更不要用琵琶来弹奏忧伤哀怨的曲子，以免听者泪湿衣衫。化用唐白居易《琵琶行》"莫辞更坐弹一曲，为君翻作琵琶行。感我此言良久立，却坐促弦弦转急。凄凄不似向前声，满座重闻皆掩泣。座中泣下谁最多？江州司马青衫湿"诗句。

邓均吾

邓均吾（1898—1969），本名邓成均，笔名均吾，四川古蔺人。1921年，参加创造社，任《创造季刊》编辑。有《邓均吾诗词选》等。

望江南　沪战后作①

　　江南望，何处最堪怜。十丈软红黄歇浦②，一篙春水半淞园③，歌舞艳阳天。　　啼鸟怨，万柳竹堂烟。商女不知亡国恨，行人空赋黍离篇④，梦醒落花前。

【注释】①"沪战"：指1932年1月28日晚，日本发动进攻上海中国守军事件。史称"一·二八事变"，又称"一·二八淞沪抗战"。词人有自注："一九三二年秋"。

②"十丈软红黄歇浦"：黄浦江边曾是一片繁华景象。"十丈软红"：形容都市的繁华。"黄歇浦"：上海市境内黄浦江的别称，简称歇浦。相传战国时楚春申君黄歇疏凿此浦而得名。

③"一篙春水半淞园"：丰沛的春江水引入半淞园。"半淞园"：原为上海南市南部一处私家园林。园林贴近黄浦江，故将江水引入园中，以水为主景。园名取自杜甫《戏题王宰画山水图歌》"剪取吴淞半江水"诗句。

④"行人空赋黍离篇":诗人们白白地写下《黍离》这样的作品。"《黍离》":《诗经·王风》中的一首。《毛诗序》曰:"《黍离》,悯宗周也。周大夫行役至于宗周,过故宗庙宫室,尽为禾黍。闵周室之颠覆,彷徨不忍去,而作是诗也。"后喻指国破家亡之悲。

谢靓虞

谢靓虞(1899—1935),字子楠,号玉岑,又号孤鸾,江苏常州人。据谢稚柳《先兄玉岑行状》,谢靓虞早年受教于钱振锽,曾执教于温州十中、上海南沣中学等校,"词自幼即喜为之,及居沪上,与彊村老人游,时从探讨,取径益高"。有《白菡萏香室词》《孤鸾词》等。

偷声木兰花

春来愿祝春长好。无奈春归今又早。雨雨风风。愁煞阶前一片红。　阳关旧是销魂候①。此后销魂魂不够。草绿天涯。何处红墙燕子家。

【注释】①"阳关旧是销魂候":阳关从来都是悲伤愁苦的。清赵彦俞《蓦山溪·故园》词有"风吹皱,徘徊久,总是销魂候"词句。

瞿秋白

瞿秋白(1899—1935)，本名双，字秋白，江苏常州人。1917年秋考入北京俄文专修馆学习。1920年8月，被北京《晨报》和上海《时事新报》聘为特约通讯员到莫斯科采访。1923年，出任上海大学社会学系主任。1927年2月7日，自编《瞿秋白论文集》。

卜算子　咏梅，1935年[①]

寂寞此人间，且喜身无主[②]。眼底云烟过尽时，正我逍遥处。　　花落知春残，一任风和雨[③]。信是明年春再来，应有香如故[④]。

【注释】①"咏梅，1935年"：1935年，瞿秋白被国民党囚于福建长汀监狱期间创作了一部分诗词。《卜算子·咏梅》即是其中一首。

②"且喜身无主"：可喜的是，此身已没有了个人的"小我"。化用唐聂夷中《送友人归江南》"上国身无主，下第诚可悲"诗句。

③"一任风和雨"：听凭风吹雨打。"一任"：听凭，任凭。

④"应有香如故"：应该还拥有和原来一样的香气。化用陆游《卜算子·咏梅》"只有香如故"词句。

黄孝纾

黄孝纾(1900—1964)，又名公渚，字颖士，号匑庵，别号霜腴，福建闽县(今闽侯)人。早年随父亲客居山东青岛。1924 年至 1934 年间，主要活动于上海和湖州嘉业堂。在上海期间，曾从陈三立、况周颐等研治诗词。曾在青岛大学、山东大学任教。其诗词，董康评为"萧廖高奇，有千仞揽辉之概"。陈柱《四十年来吾国之文学略谈》专门论及黄孝纾的骈文、诗和词创作。著有《碧虑商歌》(又名《匑庵词乙稿》)一卷。

柳梢青　雨宿吴门

暮雨潇潇，吴娘曲破①，吹彻琼箫②。梅子黄时，楝花开后，春老皋桥③。　匆匆翠暮红朝。待料理、闲愁酒浇。万里归心，自来自去，何似春潮。

【注释】①"吴娘曲破"：歌女演唱词曲。"吴娘"：吴地歌女。与词序"雨宿吴门"呼应。唐白居易《对酒自勉》："夜舞吴娘袖，春歌蛮子词。""曲破"：词的一种体裁。它将一部大曲破开，用其中的一遍演为歌舞，一般有曲无词，将故事融入歌舞之中，类似于歌舞戏。据《宋史·乐志》记载，宋太宗亲制"曲破"二十九曲，又"琵琶独弹曲破"十五曲。

②"吹彻琼箫"：用玉箫吹遍全曲。化用五代李璟《摊破浣溪沙》(菡

菖香销翠叶残）"小楼吹彻玉笙寒"词句。清纳兰性德《东风齐着力》有"凭谁把、一天愁绪，按出琼箫"句。

　　③"梅子黄时，楝花开后，春老皋桥"：梅子黄熟时节，楝花绽放之后，皋桥已进入暮春。宋贺铸《青玉案》（凌波不过横塘路）有"梅子黄时雨"句。《岁时广记》卷一引《东皋杂录》曰："后唐人诗云：'楝花开后风光好，梅子黄时雨意浓。'"

夏承焘

夏承焘(1900—1986),字瞿禅,晚年改字瞿髯,浙江温州人。1918年毕业于温州师范学校。1930年,由浙江省立第九中学(即浙江省严州中学)转之江大学任教。曾任浙江大学、杭州大学教授。以毕生之力专治词学,撰写的《唐宋词人年谱》十种十二家被赵百辛先生誉为"十种并行,可代一部词史"。著有《天风阁词集》等。

菩萨蛮①

酒边记得相逢地。人间更没重逢事。辛苦说相思。年年笛一枝②。　吟成江月碧,吹作秋潮咽。无泪为君垂③,潮平月落时④。

【注释】①"菩萨蛮":有关本词的写作,王季思《一代词宗今往矣》有如下记述:瞿禅在龙泉曾跟我谈起他的初恋,对方是他邻居少女。他放学回来常见她在门口等他,她是嘉善人。在她跟妹子一起回嘉善时,瞿禅正好同轮到上海。她叫妹子约瞿禅到她房舱里话别,后来就没有再见面。瞿禅当时吟咏为她写的《菩萨蛮》一词(略),还不无感慨。可是他后来编的词集,在这首词后自注:"此首假托情词,谴责失节朋友。"看来对这段因缘的不终,仍怀余憾。(王季思《一代词宗今往矣》,《夏承焘教授纪念集》

第28页,中国文联出版公司1988年)

②"年年笛一枝":年年都用笛声倾诉情感。引出下阕"吟成江月碧,吹作秋潮咽"两句,表现笛声的内容与感染力。

③"无泪为君垂":已再无泪水为你而流。喻指已为你流尽了泪水。化用宋晁说之《行县涂中读柳子厚诗》"若使平生诗尽在,濯缨无泪为君垂"诗句。

④"潮平月落时":潮水平静月亮落下时。喻指远行者离开时的情景。化用唐元稹《重赠乐天》"明朝又向江头别,月落潮平是去时"诗句。

浪淘沙　过七里泷①

万象挂空明②,秋欲三更③。短篷摇梦过江城④。可惜层楼无铁笛⑤,负我诗成⑥。　杯酒劝长庚⑦,高咏谁听⑧? 当头河汉任纵横。一雁不飞钟未动,只有滩声⑨。

【注释】①"七里泷":又名七里濑、七里滩。在今浙江省桐庐县境内的富春江上。富春江两岸山峦夹峙,水流湍急,连绵七里,故名七里泷。

②"万象挂空明":一切景象都映照在月光下的清波里。

③"秋欲三更":秋夜将近三更时分。

④"短篷摇梦过江城":乌篷小船,摇着梦中人经过江边小城。

⑤"可惜层楼无铁笛":可惜城楼上没有吹铁笛的道人。

⑥"负我诗成":辜负我写成的诗歌。喻指无人伴奏我吟唱诗歌。

⑦"杯酒劝长庚":举起酒杯,劝天上的长庚星一起畅饮。"长庚":即金星。傍晚,金星比太阳落得晚,所以叫长庚星;早上,金星比太阳早出现,所以又叫启明星。金星在中国古代称之为"太白金星"。《诗·小雅·大东》:"东有启明,西有长庚。"

⑧"高咏谁听":高声吟咏,又有谁在倾听。

⑨"当头河汉任纵横。一雁不飞钟未动,只有滩声":头顶的星空璀璨夺目,钟声未响,大雁不飞,只有滩头的水声哗哗作响。南朝梁沈约《夜夜曲·其一》有"河汉纵且横"诗句。

菩萨蛮

　　东风才被丝杨觉,闲愁已在低阑角①。何处识春浓,村姑笑语中②。　一灯堪避世,自爱闲中味③。沸市任笙歌,书窗月自多④。

【注释】①"东风才被丝杨觉,闲愁已在低阑角":细细的杨柳枝刚被春风拂起,低矮栏杆旁的人就已经愁绪满怀。化用宋苏轼《送范德孺》"渐觉东风料峭寒"诗句。

②"何处识春浓,村姑笑语中":到哪里见识浓浓春意,原来全在村姑们的笑谈声中。

③"一灯堪避世,自爱闲中味":一盏明灯便可远离世俗,生性喜欢闲适情味。"一灯":佛学词语。谓灯能破暗,以喻菩提之心,能破烦恼之暗。《华严经》卷七十八载:"譬如一灯入于暗室,百千年暗,悉能破尽。菩提心灯,亦复如是。入于众生心室之内,百千万亿不可说劫、诸业烦恼种种暗障,悉能除尽,故名一灯。"

④"沸市任笙歌,书窗月自多":听任喧哗的闹市笙歌不断,书斋的窗台自会洒满月光。

陈 寂

陈寂(1900—1976),字午堂,一字寂园,号枕秋,广东广州人。曾任《广东日报》文艺副刊《岭雅》主编。著有《鱼尾集》《枕秋阁诗文集》等。

鹧鸪天

百战山河草木腥①。白头为客盼承平②。谁知短晷山阳笛③。却向蛮溪掩泪听④。　书断续,梦伶仃⑤。故人江海数晨星⑥。明朝不敢登高去,愁满西风野史亭⑦。

【注释】①"百战山河草木腥":历经无数战乱,山河草木也都饱受战火洗礼。化用金元好问《壬辰十二月车驾东狩后即事》"战地风来草木腥"诗句。

②"白头为客盼承平":满头白发还在他乡为客,盼望天下太平能够回到故里。

③"谁知短晷山阳笛":谁知看到的是白昼将尽的景象,听到的是山阳笛一样的哀伤曲调。"晷":日影。"山阳笛":三国魏嵇康、吕安被司马昭杀害后,他们的好友向秀经过嵇康旧居山阳,听到邻人的笛声,怀亡友感音而叹,于是写了一篇《思旧赋》。后以"山阳笛"喻悼念、怀念故友。

④"却向蛮溪掩泪听":因避战乱而至南方,内心忧伤。"蛮溪":指南方的溪流。宋梅尧臣《杜挺之赠端溪圆砚》有"案头蛮溪砚,其状若圆璧"诗句。

⑤"梦伶仃":在梦中还是孤苦伶仃。

⑥"故人江海数晨星":昔日老友天各一方,有如屈指可数的寥落晨星。化用唐司空曙《云阳馆与韩绅宿别》"故人江海别,几度隔山川"诗句。

⑦"愁满西风野史亭":秋风将浓浓愁绪吹满野史亭。"野史亭":金元好问之亭名。《金史·文艺传下·元好问》:"晚年尤以著作自任,以金源氏有天下,典章法度几及 汉唐,国亡史作,已所当任。时《金国实录》在顺天张万户家,乃言于张,愿为撰述,既而为乐夔所沮而止。好问曰:'不可令一代之迹泯而不传。'乃构亭于家,著述其上,因名曰'野史'……纂修《金史》,多本其所著云。"现留存的亭子,为民国十三年(1924)重修。

唐圭璋

唐圭璋(1901—1991),字季特,江苏南京人。1922 年,考入国立东南大学中文系。师从吴梅。其间,编写成《宋词三百首笺》。1937 年起,编纂《全宋词》,历时七年完成初稿。先后任国立中央大学、金陵大学、南京大学、东北大学、南京师范大学等校教授。有《南云小稿》一卷。

虞美人

杜鹃啼彻垂杨岸,春去天涯换。落花如雨不开门,写尽红笺小字已黄昏①。　凤城人远留无计②,未饮心先醉。夜来皓月一窗含③,送我悠悠寻梦到江南。

【注释】①"写尽红笺小字已黄昏":在红色纸笺上写满小字时,已是黄昏时分。化用宋杜安世《踏莎行》(夜雨朝晴)"红笺写尽寄无因"与宋晏殊《清平乐》"红笺小字,说尽平生意"词句。

②"凤城人远留无计":无法把远在凤城的人留在自己身边。宋张景修《选冠子》有"章台系马,灞水维舟,追念凤城人远"词句。

③"夜来皓月一窗含":夜晚的明月在窗前一览无余。化用唐杜甫《绝句》"窗含西岭千秋雪"诗句。

清平乐
宿白鹿洞贯道溪畔①

离愁无数,梦断江南路②。一夜寒溪流不住,错认满山风雨。　昨宵佛寺东头,今宵野店危楼。明日月明千里,不知身在何州。

【注释】①"白鹿洞":位于江西省九江市的庐山东北玉屏山南,虎溪岩背后,是北宋六大书院之一。内有贯道溪。

②"梦断江南路":无法与人一同踏上前往江南的路。"梦断":梦醒。下阕即具体写梦醒后的见闻与感想。

鹧鸪天　登观稼台①

飘荡经年总可哀,日长无俚独登台②。田间一绿分深浅③,湖上千红半落开④。　人去远,信来稀。最难细数是归期。何当扫却妖氛净⑤,一夕飞腾到古淮⑥。

【注释】①"观稼台":在今安徽亳州境内,为曹操当年在家乡推行屯田制时所建遗迹。曹操曾在观稼台上亲自督耕观种。

②"无俚":无聊。

③"田间一绿分深浅":田间的绿色深深浅浅。庄稼生长有快有慢,故其颜色有深有浅。

④"湖上千红半落开":湖上鲜花半开半落。

⑤"何当扫却妖氛净":何时才能将这些灾祸全都清扫干净。化用清邹容《狱中答西狩》中"何日扫妖氛"诗句。"妖氛":亦作"妖雾",不祥的云气。多喻指凶灾、祸乱。

⑥"古淮":古淮河,在江苏淮安境内。这里喻指作者家乡。

徐震堮

徐震堮(1901—1986),字声越,浙江嘉善人。早年考入南京高等师范学堂文史部学习。后又攻读外文,通英、法、德、意、俄、西班牙六国文字以及世界语,并用以向外国介绍中国的古典名著。先后在浙江大学中文系、华东师范大学中文系任教授。王起在《梦松风阁诗文集序》中称其词"善于以轻柔澹荡的境界,寄迷茫萧瑟之情思"。著有《梦松风阁吟稿》《唐诗宋词选》《世说新语校笺》等。

千秋岁

诗无一句。却有愁千缕。浑不解,愁来处。夕阳秋井塌[1],人影长于树。吟望久,寻钟一路沿花去[2]。　池畔逢僧语。小立看萍聚[3]。沙岸晚,初过雨。城东黄叶寺,又被诗留住[4]。归鸟尽,一声磬落无人许[5]。

【注释】①"夕阳秋井塌":秋日的夕阳照在废弃的井台上。
②"寻钟一路沿花去":沿着花径,朝着钟声响起的地方走去。
③"小立看萍聚":站在池边观看池中浮萍随风聚集。
④"城东黄叶寺,又被诗留住":城东的寺院满地黄叶,秋意与诗意相

随,令人流连忘返。

　　⑤"一声磬落无人许":磬声落下,无人回应。与上句"又被诗留住"形成反衬。"磬"本为一种打击乐器,用石或玉制成,形状像曲尺。这里指寺院中和尚念经时所敲打的铜铸的法器。王起评此两句:"状难写之景如在目前,含不尽之意见于言外"。

龙榆生

龙榆生(1902—1966)，名沐勋，字榆生，晚年以字行，江西万载人。早年，跟随黄侃习声韵、文字及词章之学。1933年至1937年间，主编《词学季刊》。后又创办《同声月刊》。历任暨南大学、中山大学、中央大学、上海音乐学院教授。曾选编《唐宋名家词选》《近三百年名家词选》等。著有《忍寒词》二卷。

鹊踏枝

忽忆故人天际去①。暗数征程，未遽伤迟暮。梦里相思争识路②，朦胧月挂江头树③。　醉折花枝还自语。蝴蝶翻飞，知到梁州否。流水一分风后絮④，春心历乱归何处⑤。

【注释】①"忽忆故人天际去"：忽然回想起老朋友已远走他乡。化用唐白居易《同李十一醉忆元九》诗句，其他数句亦如此。如"醉折花枝"句等。白诗原文为："花时同醉破春愁，醉折花枝当酒筹。忽忆故人天际去，计程今日到凉州。"

②"梦里相思争识路"：即使在梦里也没有停止对你的思念。化用南北朝沈约《别范安成》"梦中不识路，何以慰相思"和明陈子龙《点绛唇·春日风雨有感》"梦里相思，故国王孙路"词意。

③"朦胧月挂江头树"：朦胧的月亮挂在江边的树梢上。"挂"字的用法，前人多有发明。如元王实甫《西厢记》："恨相见得迟，怨归去得疾。柳丝长玉骢难系，恨不倩疏林挂住斜晖。"唐李白《金乡送韦八之西京》："狂风吹我心，西挂咸阳树。"

④"流水一分风后絮"：心中的相思之情像河里的流水无穷无尽，像风中的柳絮飘忽不定。化用宋晏几道《木兰花》（秋千院落重帘暮）"门外绿杨风后絮"和苏轼《水龙吟·次韵章质夫杨花词》"晓来雨过，遗踪何在？一池萍碎。春色三分，二分尘土，一分流水。细看来，不是杨花，点点是离人泪"词意。

⑤"春心历乱归何处"：纷乱无比的相思，何处才是尽头。与上句"流水一分风后絮"相呼应，进一步表现相思之苦。

丁 宁

丁宁(1902—1980),字怀枫,别号昙影楼主,原籍江苏镇江,后移居扬州。1933年起,任扬州国学专修学校图书馆管理员,词作《昙影楼词》在《词学季刊》上以专号形式发表。1937年后避难于镇江,继而上海。1941年起,先后在南京私立泽存书库、南京中央图书馆古籍部任职。有《还轩词存》三卷。

喝火令
月影侵帘,愁怀如织,书寄味琴

梦短愁难遣,愁深梦易惊。揽衣和泪下阶行①。又是月光如梦,庭户悄无声。 碧簟凉于水②,幽怀沁若冰③。万端尘恨一时萦④。记得相逢,记得看双星。记得曲阑干畔,笑语扑流萤⑤。

【注释】①"揽衣和泪下阶行":手提衣摆,眼含泪水,走下台阶。

②"碧簟":青青的竹席。

③"幽怀沁若冰":隐藏在内心的情感透出冰凉的寒意。

④"万端尘恨一时萦":万般烦恼一时间萦绕在心头。

⑤"笑语扑流萤":一边说笑,一边扑打萤火虫。化用唐杜牧《秋夕》"轻罗小扇扑流萤"。

江城子

熟梅天气晚风柔①。怕登楼。强登楼。记得清宵，记得月如钩。记得荼蘼香雪里②，招燕子，话春愁。　闷来窗下理箜篌③。夜悠悠。恨悠悠。宛宛音尘④，肠断几时休。梦醒天涯啼杜宇，花自落，水空流⑤。

【注释】①"熟梅天气"：春末夏初梅子黄熟时候的天气。又称黄梅天。宋张栻《初夏偶书》有"江潭四月熟梅天"诗句。

②"荼蘼香雪里"：纷飞的荼蘼好像飘香的雪花。化用宋代任拙斋《荼蘼》"一年春事到荼蘼，香雪纷纷又扑衣"诗句。"香雪"：指白色的荼蘼花飘落。

③"闷来窗下理箜篌"：烦闷时就在窗下弹奏箜篌。

④"宛宛音尘"：真切可见的音容与踪迹。"宛宛"：清楚可见的影子。"音尘"：音信，踪迹。

⑤"花自落，水空流"：花照例凋落，水徒然流逝。化用唐丁仙芝《长宁公主旧山池》"庭闲花自落，门闭水空流"。

鹊踏枝　和忍寒，用阳春韵①

断雁零鸿凝望久。待得来时，消息仍如旧。常日闲愁浓似酒。吟魂悄共梅花瘦。　心事正同堤上柳。剪尽还生，新恨年年有。独倚危阑风满袖。

朦胧淡月黄昏后。

【注释】①"和忍寒,用阳春韵":和龙榆生词,用冯延巳词韵。"忍寒":龙榆生(1902—1966),本名龙沐勋,字榆生,号忍寒。"阳春":五代南唐冯延巳词集名《阳春集》。龙榆生《鹊踏枝》词曰:"斜掠云鬟凝睇久。宜面妆成,绰约仍依旧。病起情怀如中酒。带围省得新来瘦。 折尽青青堤畔柳。梦结多生,未分今生有。悬泪风前沾翠袖。忍寒留约黄昏后。"冯延巳《鹊踏枝》词曰:"谁道闲情抛掷久? 每到春来,惆怅还依旧。日日花前常病酒,不辞镜里朱颜瘦。 河畔青芜堤上柳,为问新愁,何事年年有? 独立小桥风满袖,平林新月人归后。"

詹安泰

詹安泰(1902—1967),字祝南,号无庵,广东饶平人。1921年至1926年,就读于广东高等师范学堂和广东大学中国文学系。先后在广东省立第二师范学校、中山大学任教。詹安泰兼擅诗词创作和研究。1937年出版词集《无庵词》,1939年刊印诗集《滇南挂瓢集》。陈寂评价其词"颠倒二白"(指姜夔与张炎二人),而自铸瑰辞。

蝶恋花

日日江头愁远水。明月来时,清泪汪汪地。十丈尘天胡此醉①,蛮方千古沉佳丽②。　一味狂欢谁与记。宛宛垂杨,飞坠还飞起。除博人怜无好计,休寻往事添憔悴。

【注释】①"十丈尘天胡此醉":繁华之地为何如此令人沉醉。"十丈尘天":佛家认为相对于菩提净土,红尘在十丈之外。
②"蛮方千古沉佳丽":长久沉湎于南方美好的人物。"蛮方":指南方。三国魏曹植《朔风》诗:"凯风永至,思彼蛮方。""佳丽":美好的人。

凤栖梧

　　大错铸成谁肯顾[①]。愿结来生,拼把今生误。万里风涛吹梦去[②]。铁船水鸟看争渡[③]。　醒觉楼头花着露。依样冰鸾,凄照成今古。待诉人前羞一语。斜阳立尽千千苦[④]。

【注释】①"大错铸成谁肯顾":酿成大错后有谁愿意顾怜。宋陆游《偶忆万州戏作短歌》有"万州萧条谁肯顾"诗句。

②"万里风涛吹梦去":化用宋黄庭坚《观化十五首》"马上春风吹梦去"诗句。

③"铁船水鸟看争渡":铁船上的水鸟看着设法摆渡过河的人。化用宋李清照《如梦令》"争渡,争渡,惊起一滩鸥鹭"词句。

④"斜阳立尽千千苦":化用宋柳永《玉蝴蝶》(望处雨收云断)"断鸿声里,立尽斜阳"词句。

卢　前

卢前(1905—1951)，原名正绅，字冀野，别号饮虹，江苏南京人。早年就读于东南大学国文系。先后在金陵大学、河南大学、暨南大学、光华大学、四川大学、国立中央大学等校任教。致力于戏曲史研究和诗词曲创作。有《中兴鼓吹》三卷，为抗战词之专集。

摸鱼子
题史督部绝笔家书后①

是何人、手泽如此，斑斑泪也还血。虽然和墨无多语，落笔尽成呜咽。心似铁，情怎绝、所难忠孝两无缺。国仇未灭。只饮恨吞声，与城共命，先不负臣节。　扬州路，剩有梅花胜雪②。登临多少词客。纵教解得苌弘碧③，谁识孤怀芳烈④。空悲切⑤，东厂狱、恩师当日丁宁说⑥。千回百折。让一纸流传，相逢异世，催我羽音发⑦。

【注释】①"题史督部绝笔家书后"：读史可法督师《绝笔家书》后所题写。史可法(1602—1645)，崇祯元年(1628)进士，官至督师、兵部尚书。

弘光元年(1645),清军大举围攻扬州城,城破,史可法拒降,写下了一份绝笔家书,内容如下:"恭候太太、杨太太、夫人万安。北兵于十八日围扬城,至今尚未攻打,然人心已去,收拾不来。法早晚必死,不知夫人肯随我去否? 如此世界,生亦无益,不如早早决断也! 太太苦恼,烦托四太爷、大爷、三哥、大家照顾,雏儿好歹随他罢了。书至此肝肠寸断矣! 四月二十一日法寄。"6 天后,即 1645 年 4 月 25 日,史可法殉国。

②"扬州路,剩有梅花胜雪":扬州的这条路上,只剩下洁白胜雪的梅花。史可法殉难前遗言:"我死,当葬梅花岭上"。《明史》记载:"可法死,觅其遗骸。天暑,众尸蒸变,不可辨识。"他的属下史德威在梅花岭为其建衣冠冢,清人全祖望过此,作《梅花岭记》。

③"苌弘碧":喻指史可法为民族大义而流血牺牲。"苌弘":春秋时周大夫,又称苌叔。"碧":青绿色的玉石。《庄子·外物》:"苌弘死于蜀,藏其血,三年而化为碧。"

④"孤怀芳烈":指史可法拥有的孤高情怀和壮烈功业。

⑤"空悲切":徒自悲切。化用岳飞《满江红》(怒发冲冠)"莫等闲,白了少年头,空悲切"词句。

⑥"东厂狱、恩师当日丁宁说":指当年史可法看望被陷害入狱的老师左光斗时的情景。清方苞《左忠毅公逸事》记载:"及左公下厂狱,史朝夕狱门外;逆阉防伺甚严,虽家仆不得近。久之,闻左公被炮烙,旦夕且死;持五十金,涕泣谋于禁卒,卒感焉。一日,使史更敝衣草屦,背筐,手长镵,为除不洁者,引入,微指左公处。则席地倚墙而坐,面额焦烂不可辨,左膝以下,筋骨尽脱矣。史前跪,抱公膝而呜咽。公辨其声而目不可开,乃奋臂以指拨眦;目光如炬,怒曰:'庸奴,此何地也? 而汝来前! 国家之事,糜烂至此。老夫已矣,汝复轻身而昧大义,天下事谁可支拄者! 不速去,无俟奸人构陷,吾今即扑杀汝!'"

⑦"催我羽音发":促使我发出激愤的声调。"羽音":古代五音之一,声调激愤。《战国策·荆轲刺秦王》:"复为慷慨羽声,士皆瞋目,发尽上指冠。"

鹧鸪天　村居作,拟冰若①

世局如棋自在看②。怀中有铗不须弹③。能为狂士终豪杰,岂必人才尽达官。　倾浊酒,坐蒲团。布袍大袖本来宽。十年尝遍江湖味,纵使无鱼也可餐④。

【注释】①"拟冰若":摹仿李冰若风格而作。"冰若":李冰若(1899—1939),号栩庄主人。湖南新宁人。著有《花间集评注》《栩庄诗词集》等。

②"世局如棋自在看":用通达的态度去看待像棋局一样变化莫测的世间之事。《增广贤文》:"人情似纸张张薄,世事如棋局局新。"

③"怀中有铗不须弹":怀才不遇也不必感到愤愤不平。"弹铗":《战国策·齐策四》记载,齐国相国孟尝君的门客冯谖因不受重视,三次弹其铗而唱歌:"长铗归来乎! 食无鱼! 出无车! 无以为家!"孟尝君听后,深受感动,一一满足他的要求。冯谖借去薛地为收债的机会为孟尝君谋划,营造三窟,使孟尝君在失势后也能立于不败之地。

④"纵使无鱼也可餐":就算没有鱼肉也能吃得津津有味。呼应词首"怀中有铗不须弹"之句,当年冯谖"弹铗而歌"的原因之一,便是"食无鱼"。

满江红
谢晋元团附杨瑞符营长共死守闸北据点者八百士①

尚有孤军,留最后、鲜红一滴。准备着、头颅相抵,以吾易敌。蕴藻浜前钲鼓动②,苏州河上旌旗色③。看青天、白日自飞扬,君应识。　众口诵,征倭檄。望闸北,儿童泣。问桥头大厦,近来消息。万国衣冠都下拜,千秋付与如椽笔④。记张巡、许远守睢阳,今犹昔⑤。

【注释】①"谢晋元团附杨瑞符营长共死守闸北据点者八百士":指谢晋元在1937年淞沪会战期间,带领"八百壮士"在上海闸北据点与日本军队鏖战四昼夜之举。谢晋元(1905—1941),字中民,广东梅州人,毕业于黄埔军校第四期。

②"蕴藻浜前钲鼓动":指蕴藻浜前激烈的战斗场面。"蕴藻浜":横贯上海北部。淞沪会战时,中日双方激战的重点地区之一。

③"苏州河上旌旗色":指谢晋元率领士兵在苏州河以南地区的四行仓库坚守阵地。

④"千秋付与如椽笔":意谓要将谢晋元等爱国将士抗击日军的英勇之举载入史册。"如椽笔":比喻笔力雄健,犹言大手笔。典出《晋书》卷六十五《王导列传·王珣》。

⑤"记张巡、许远守睢阳,今犹昔":意谓古代的史家记载了张巡、许远为坚守睢阳城而献身的事迹。如今的词人也要记录下谢晋元坚守闸北据点与日军鏖战的历史。"张巡、许远守睢阳":据《新唐书·张巡传》以及韩愈《张中丞传后序》,张巡(709—757),邓州南阳(今河南省南阳市)人。唐玄宗开元末进士,由太子通事舍人出任清河县令,调真源县令。安史乱起,张巡在雍丘一带起兵抗击,后与许远同守睢阳(今河南商丘),肃宗至德二载(757)城破被俘,与部将三十六人同时殉难。

郑骞

郑骞（1906—1991），字百因，祖籍辽宁铁岭。早年就读于燕京大学中文系。先后执教于燕京大学、台湾大学等。有《永阴集》一卷，《永阴存稿》一卷。

浣溪沙

万木阴阴向晚晴[①]。梦回独自放歌行[②]。悲欢依旧欠分明[③]。　犹记秋红随手折，忽看春绿满枝生，今年枫叶去年情[④]。

【注释】①"向晚晴"：指傍晚时分天气转向晴好。

②"梦回独自放歌行"：梦醒后独自歌唱。表示孤独一人自我排遣。

③"悲欢依旧欠分明"：依旧分辨不清，此刻的心情到底是悲还是喜。

④"今年枫叶去年情"：看到今年新长出的枫叶，想起去年的那份情怀。意指时光流逝，但真情不变。

木兰花[①]

野花开处无人到。一任垂杨风里老[②]。疏枝败莫夏初阑,黄叶青山秋正好。　如今何事伤怀抱。旧梦新欢真渐少。良辰美景自由身,曳杖长歌天地小③。

【注释】①"木兰花":唐玄宗时教坊曲名,后用为词调。五代后蜀顾夐《木兰花》词有"月照玉楼春漏促""柳映玉楼春欲晚"之句;欧阳炯的词中有"日照玉楼花似锦""春早玉楼烟雨夜"之句,故该词调又名为"玉楼春"。

②"一任":听凭。

③"曳杖长歌":唱着《曳杖歌》。据《史记》等文献记载,《曳杖歌》为孔子所作。全文为:"泰山其颓乎? 梁木其坏乎? 哲人其萎乎?"诗歌以泰山快要崩塌、梁木快要折断来比喻生命快要停息,表达对生命将尽的无奈与悲叹。

周炼霞

周炼霞(1908—2000),字紫宜,号螺川,湖南湘潭人。14 岁始学画,17 岁起学诗。曾任上海中国书画院画师、中国美术家协会会员等职。后定居美国。著有《嚶鸣诗集》《学诗浅说》(与瞿蜕园合作)等。

西江月

几度低声语软,道是寒轻夜犹浅。早些归去早些眠,梦里和君相见。 叮咛后约毋忘,星华滟滟生光①。但使两心相照,无灯无月何妨②。

【注释】①"叮咛后约毋忘,星华滟滟生光":周炼霞《非日记》(《海报》一九四五·八·三十)曰:"知道么? 无论什么文字,都不能以文害辞,以辞害意,这上面还有更要紧的一句:'星眸滟滟生光'呀! 我正是取于孟子说的:'胸中正则眸子了焉,胸中不正则眸子眊焉。'了然就是光辉明亮,视黑夜如同白昼,无灯无月又有何妨? 也就是'不欺暗室'的意思。"

②"但使两心相照,无灯无月何妨":周炼霞《关于"无灯无月"》(《礼拜六》一九四八年第一二八期)曰:"按当时上海正在沦陷时期,夜间灯火管制,家中闲坐,觉此时此地,暴富新贵,触目皆是,其果能免于昙花一现乎? 必须心地光明,则一旦战事胜利,国土重光,其欣慰为何如! 穷与苦

复何足道哉！因当时文网森严,未许作露骨之辞,爰掇成小词,鼓励身心清白之士,坚其信心,其所以能传诵一时,无非人人所欲言而不敢言者,余以小词两语出之,使读者皆默喻于心耳。或指为香艳大胆……未免曲解。"据此,"无灯无月何妨",即暗陈灯火管制时弊,以旷达语作微讽意,而无关风月。有关灯火管制现象,陈小翠《翠楼吟草三编》(油印本1953年)中的《甲申六月十七日祝名山老人七十寿即席》也有反映:"桃源小聚谪仙班,霁月光风满座间。万里不逢归雁过,一年难得好诗看。收灯门巷千家黑,听雨江湖六月寒。幸有云烟三百幅,闭门终日见南山。"作者于颈联中自注云:"时日伪练习防空强迫民间不得点灯。"

何　适

何适(1908—?),字宇恒。华侨家庭出身。北平大学法学院毕业,考入法国国立南锡大学。先后在广东大学、珠海大学香港分校、台湾大学及中国文化大学任教授。有《官梅阁诗余》一卷。

望汉月

为问空中孤月,因甚少圆多缺。料应也似梦中人,欢聚终输愁别①。　长年深院里,独过凄凉时节。征帆不肯早些还②,怎连个、音书都绝。

【注释】①"欢聚终输愁别":相聚少,离别多,故而欢乐少,愁苦多。②"征帆":远航的船帆。指远航的船。

渔　父

严滩滩畔着羊裘①,半世生涯在钓舟。撑小桨,放中流,惊涛骇浪总无忧。

【注释】①"严滩滩畔着羊裘":身穿羊皮衣,住在严陵濑畔。"严滩":严陵濑。在浙江桐庐县南,相传为东汉严光隐居垂钓处。严光少年时期与汉光武帝刘秀是同学,刘秀即位后,严光不愿当官,改名隐居。经常穿着羊皮衣去钓鱼,自得其乐。刘秀亲自到其住所请他出山,都被婉言谢绝。

陈逸云

陈逸云(1908—1969)，字山椒，广东东莞人。早年考入广东大学(中山大学前身)。1927 年，任《国民日报》记者。1932年，考取官费留学美国密歇根大学。回国后，任《铁道月刊》主编。有《逸云诗词遗稿》。

忆江南　忆南京三首其一

江南忆，挥泪忆京华。梦断秦淮深夜月，歌残巷口后庭花①，凄切听胡笳②。

【注释】①"歌残巷口后庭花"：小巷路口传来断断续续的歌声，犹如古曲《后庭花》。"后庭花"：即《玉树后庭花》。传陈后主所制之歌，人称亡国之音。
②"凄切听胡笳"：听到了如同《胡笳十八拍》的乐曲，内心凄切。"胡笳"：指传汉蔡文姬作《胡笳十八拍》，表现因流落他乡而思念故乡之情。

沈祖棻

沈祖棻(1909—1977)，字子苾，别署紫曼、绛燕，浙江海盐人。1931年，就读于南京中央大学中文系，并创作旧体诗词。1934年，考入金陵大学国学研究所。先后在金陵大学、华西大学、江苏师范学院、南京师范学院、武汉大学等校任教。汪东称她的词"风格高华，声韵沉咽，韦、冯遗响，如在人间"。有《涉江词稿》一卷。

浣溪沙

碧水朱桥记昔游①。而今换尽旧沙鸥。江南风景渐成秋。　故国青山频入梦，江潭老柳自萦愁②。强因斜照一登楼③。

【注释】①"碧水朱桥记昔游"：碧波映照着红桥，是我曾经游览的地方。欧阳修《浣溪沙》词有"湖上朱桥响画轮"。

②"江潭老柳自萦愁"：江边的老柳树也被愁绪萦绕着。"江潭"：江边。《楚辞·渔父》："屈原既放，游于江潭，行吟泽畔。"

③"强因斜照一登楼"：为了看一眼夕阳而勉强登楼。

浣溪沙

岁岁新烽续旧烟①。人间几见海成田②。新亭风景异当年③。　如此山河输半壁④，依然歌舞当长安⑤。危阑北望泪如川⑥。

【注释】①"新烽续旧烟"：喻指战火连绵不断。

②"海成田"：沧海变桑田。

③"新亭风景"：表示痛心国难而无可奈何的心情。出自南朝宋刘义庆《世说新语·言语》："过江诸人，每至美日，辄相邀新亭，借卉饮宴。周侯中坐而叹曰：'风景不殊，正自有山河之异。'皆相视流泪。""新亭"：古地名，故址在今南京市的南面。

④"如此山河输半壁"：大片领土被日军侵占。

⑤"依然歌舞当长安"：依旧歌舞升平，把这里当作太平时期的长安城。宋林升《题临安邸》："山外青山楼外楼，西湖歌舞几时休。暖风熏得游人醉，直把杭州作汴州。"

⑥"危阑北望泪如川"：身临高楼，扶栏北望，泪水犹如江水无穷无尽。化用宋张孝祥《上丁斋宿》"受脤归去泪如川"诗句。

鹧鸪天

独上层楼日又西。一川烟草碧萋萋。欲书心事无花叶①，暗系春愁有柳丝。　芳序换，故欢稀。等闲开过小桃枝。凭栏多少回肠处，燕语流莺未得知。

【注释】①"欲书心事无花叶":想把心里话写下来,却没有信笺。"花叶":喻指信笺。唐李商隐《牡丹》有"我是梦中传彩笔,欲书花叶寄朝云"诗句。

章 柱

章柱(1910—1990)，又名章石承，号澄心词客，江苏海安人。就读于暨南大学外文系。曾赴日本留学。归国后，任教于无锡国学专修学校和苏北师范学校。有《藕香馆词》一卷。

采桑子

西楼犹记裁诗句①，银烛流光。金篆飘香②。风定帘钩卷晚凉。　　而今旧梦成陈迹，不忍思量。惆怅横塘③。独倚雕栏更断肠。

【注释】①"裁诗句"：指锤炼诗句。唐郑璧《和袭美索友人酒》有"乘兴闲来小谢家，便裁诗句乞榴花"诗句。

②"银烛流光。金篆飘香"：蜡烛的光芒闪烁，香炉的烟雾飘荡。"金篆"：香柱散发的烟，弯曲如篆文，故称。元马祖常《试院杂题》："画阁薰香金篆郁，银台烧烛玉虫齐。"

③"横塘"：在今江苏省苏州市西南。这里泛指曾经与人相聚之处。贺铸《青玉案》有"凌波不过横塘路"句。

玉楼春

年年旧恨新愁里①。堪说欢情能有几。经秋宝镜欲生尘②,入夜罗衾如泼水③。 归期空屈纤纤指④。谁识低眉无限意⑤。别来泪眼不曾晴,那更孤城清角起⑥。

【注释】①"年年旧恨新愁里":每年都在接连不断的愁与恨中度过。"旧恨新愁":指以前未排解的苦闷和新产生的愁苦。宋向滈《如梦令·道人书郡楼》:"旧恨新愁无际,近水远山都是。"

②"经秋宝镜欲生尘":历经三秋的镜子快要落满尘埃。喻指分别太久,女子无心照镜梳妆。元赵雍《春夜曲》:"共君别久胡不来,菱花宝镜生尘埃。"

③"入夜罗衾如泼水":寒夜到来,冷冰冰的被褥就像被水泼过一样。化用宋苏轼《雪后书北台壁二首》"但觉衾裯如泼水"诗句。

④"归期空屈纤纤指":徒劳地扳着纤纤手指,计算着回家的日子。意谓回家的行程难以确定。反用"屈指可数"之意。

⑤"谁识低眉无限意":谁能知道我内心的愁苦。"低眉":抑郁不伸貌;愁苦貌。唐韩翃《送郑员外》:"要路眼青知己在,不应穷巷久低眉。"

⑥"那更孤城清角起":怎能忍受凄清的号角声又在孤城响起。

汤炳正

汤炳正(1910—1998)，山东荣成人。1934年毕业于民国大学，1936年毕业于章太炎主讲的"章氏国学讲习会"研究班。先后任国立贵州大学、贵阳师范学院、公立川北大学(今四川师范大学)教授等。

浪淘沙　纪念"九一八"[①]

故国夕阳残，独倚栏干。天涯芳草不堪看[②]。落叶红溅亡国泪，洒遍峰峦[③]。　风鹤未阑珊[④]，几度秋寒。不闻征鼓出边关。又是一年空怅望，半壁河山[⑤]。

【注释】①汤炳正《渊研楼杂忆》："当时，我在《大公报》上所发表的两首小令，就颇能代表'九一八'之后，我对国事的态度。"(汤炳正《渊研楼杂忆》，上海辞书出版社，2015年，第41页，原载《东方文化》1995年第5期)两首小令，一为这首《浪淘沙·纪念"九一八"》，另一首为《鹊桥仙·登长城感作》。

②"不堪看"：不忍心看。

③"落叶红溅亡国泪，洒遍峰峦"：满山遍野的落叶，红成一片，如被亡国之痛的泪水所溅染。

④"风鹤未阑珊":战争的消息不曾减少。"风鹤":指战争的消息。

⑤"又是一年空怅望,半壁河山":又是一年白白地怅望着沦陷的国土。"半壁河山":指被侵华日军占领的国土。

潘 受

潘受(1911—1999),原名潘国渠,福建南安人。1930年,南渡新加坡,任《叻报》编辑。1934年起,任教于华侨中学、道南学校及马来亚麻坡中华中学等学校。著有《海外庐诗》。

鹊踏枝
避寇归国,小住黔中花溪[1],听雨赋此

锦瑟华年弹指去。无计留春,鹈鴂声声误[2]。身世因风全似絮,他乡况又闻秋雨。　几日花溪聊小住。行遍花溪,认遍花溪树。谁解秋人心独苦[3],江关检点兰成赋[4]。

【注释】①"黔中":贵州省中部。"花溪":今贵州贵阳的花溪区。
②"鹈鴂":即杜鹃鸟。
③"谁解秋人心独苦":有谁懂得在秋天流落他乡之人的孤独与痛苦。"秋人":指作者。
④"江关检点兰成赋":指庾信审视江南而作《哀江南赋》。"兰成赋":庾信作《哀江南赋》。庾信,字兰成。据《北史》记载,庾信留在北方,"虽位望显通,常作乡关之思,乃作《哀江南赋》以致其意"。杜甫《咏怀古迹五首》有"庾信生平最萧瑟,暮年诗赋动江关"诗句。

蒋礼鸿

蒋礼鸿(1916—1995),字云从,浙江嘉兴人。早年就读于之江大学,先后在之江大学、湖南蓝田国立师范学院、重庆国立中央大学、浙江师范学院、杭州大学等校任教。有《怀任斋诗词》。

玉楼春

凭高易到销凝处①,柳外凄鹃声不住②。汀洲芳草唤愁生,帝子不来烟满路③。　斜晖送了黄昏苦④,待月十三还十五⑤。不如罗帐耐灯昏,梦蝶许从花里舞⑥。

【注释】①"凭高易到销凝处":登高远望容易使人感怀伤神。

②"柳外凄鹃声不住":柳树外的杜鹃啼声不断。

③"帝子不来烟满路":心上人没来到自己面前,眼前的路全都是烟雾一片。"帝子":帝王的子女。这里喻指所思念的人。

④"斜晖送了黄昏苦":刚经历了送别夕阳的无奈,又要忍受黄昏独处的痛苦。

⑤"待月十三还十五":盼望着月圆,从十三等到了十五。表示等待之久。以盼月圆满来写盼心上人到来。

⑥"不如罗帐耐灯昏,梦蝶许从花里舞":如此苦苦等待熬到烛火昏暗,还不如在梦中变成蝴蝶,在花丛中尽情飞舞。化用辛弃疾《祝英台近·晚春》"罗帐灯昏,哽咽梦中语"词句。

朱 焘

朱焘(1920—1983),字焘之,号庸斋,广东新会人。曾任教于广州大学、文化大学等校。有《分春馆词》一卷。

临江仙

　　故国登临多少恨,惊心片霎沧桑①。野旂戍鼓满空江②。重寻葵麦径③,犹识旧斜阳。　信道青衫无泪湿,何堪半壁秋光④。寒鸦尘土渐荒茫。江山如梦里,无处问兴亡⑤。

【注释】①"惊心片霎沧桑":瞬间发生的沧桑之变,令人内心震惊。

②"野旂戍鼓满空江":空旷的江面上战旗飘荡,战鼓阵阵。

③"重寻葵麦径":形容景象荒凉。唐刘禹锡《再游玄都观》序:"重游玄都,荡然无复一树,唯有兔葵燕麦动摇于春风耳。"

④"何堪半壁秋光":如何忍受这半壁江山的秋日景象。意指大半国土被侵华日军占领。与开篇"故国登临多少恨,惊心片霎沧桑"呼应。

⑤"江山如梦里,无处问兴亡":眼前的江山犹如在梦中一般,不知道向谁能问明白其兴亡的道理。金庞铸《洛阳怀古》"铜驼无处问兴亡"。

史树青

史树青（1922—2007），河北乐亭人。早年毕业于辅仁大学。曾在中国历史博物馆供职。著有《几士居词甲稿》。

减字木兰花

西园旧约①，桃李开时人寂寞②。独泛兰舟③，不载春光只载愁④。　平湖碧水，都是离人心上泪。莫问欢悰⑤，尘梦无凭是事空⑥。

【注释】①"西园旧约"：西园曾是旧时约会的地方，如今却独自路过。

②"桃李开时人寂寞"：桃李盛开的时候，我却觉得更寂寞。化用唐李商隐《题小松》"桃李盛时虽寂寞"诗句。

③"独泛兰舟"：独自坐船游玩。化用宋李清照《一剪梅》（红藕香残玉簟秋）"轻解罗裳，独上兰舟"词句。

④"不载春光只载愁"：不送来明媚的春光，只带来烦人的忧愁。化用宋李清照《武陵春·春晚》"只恐双溪舴艋舟，载不动许多愁"词句。

⑤"欢悰"：欢乐。

⑥"尘梦无凭是事空"：梦中的事无凭无据，到头来是一场空。化用宋陈人杰《沁园春》（把酒西湖）"尘梦无凭，菟裘堪老，付子声名吾欲还"诸句。

山花子

谁道今年似去年,飞花一阵又春残。重过旧时携手地,泪偷弹。　流水不迷烟外客[①],行云欲破定中禅[②]。如此心情如此世[③],爱孤眠。

【注释】①"流水不迷烟外客":蜿蜒曲折的流水,并没有使云烟之外的来客迷路。反用宋葛胜仲《渔家傲》(岩壑萦回云水窟)"林深路断迷烟客"词句。"烟外客":云烟外的来客。指远离尘世之士。

②"行云欲破定中禅":漂浮的云朵仿佛要破除平日修行的禅定功夫。化用宋黄庭坚《花气诗帖》"花气薰人欲破禅"诗句。"定中禅":即禅定。禅定是佛教译语中特别的译法,"禅"是印度梵语"禅那"的简称,其义为"定""思维修""功德丛林"等。故"禅定"是华、梵兼称。这是从其名称而言。从其意义上来说,一个修行人,能摄受散乱心专注一境,即为"定",摄心系念一种法门。简而言之,禅定是修行者的一种调心方法,它的目的是净化心理、锻炼智慧,以进入诸法真相的境界。

③"如此心情如此世":以这样的心情面对这样的时代。

陈 蘷

陈蘷(生卒年不详),原名陈蜕,字子韶,号伯弢,浙江诸暨店口人,一门兄弟六人皆为南社成员。工诗词。马一浮先生谓其词胜于诗,遂专心致力于词。有《虑尊词》一卷,为其门人刊录。

太常引　癸丑①

西风依旧绕庭梧②。门掩一灯孤。依约梦回初。可曾有、还乡梦无。　　镜中颜鬓,客中情味,心眼两萧疏③。愁里起行沽④。忍重过、黄公旧垆⑤。

【注释】①"癸丑":指 1913 年。

②"西风依旧绕庭梧":秋风依旧围着庭院中的梧桐树旋转。化用宋杨亿《初秋夜坐》"披衣闲起绕庭梧"诗句。

③"心眼两萧疏":意谓心中寂寞,眼中凄凉。

④"愁里起行沽":心怀忧愁又行事勤苦。"行沽":即"行苦"。行事勤苦。语出《吕氏春秋·本味》:"不谋而亲,不约而信,相为殚智竭力,犯危行苦。"高诱注:"苦,勤也。"

⑤"忍重过、黄公旧垆":不忍心再次路过黄公开的那个酒馆。据南朝宋刘义庆《世说新语·伤逝》记载,西晋时期,"竹林七贤"之一尚书令王戎

穿着华贵的衣服,乘车经过当时有名的黄公酒垆,这是他与嵇康、阮籍他们以前经常畅饮的地方,不禁感慨万分,心中也十分悲伤,就对身后客人说:"嵇康夭折,阮籍亡故,我被俗务缠身,再也不能一起喝酒了。""忍":不忍心。

西　河　西湖饯春①

歌舞地。西湖自古多丽。探春却又送春归,落花溅泪②。采芳老去倦登临,飘零休问桃李。　断桥畔③,愁独倚。韶光与共憔悴。长堤柳下听残莺④,感红怨翠。夕阳冉冉恋南屏⑤,钟声摇荡云际。

以今视昔尔许事⑥。也依稀、芳讯能几⑦。寂寞西泠秋水⑧。更伤心、为问当年,谁会风月平章《南园记》⑨。

【注释】①"西湖饯春":在西湖边饮酒送别春光。"西湖":指杭州西湖。

②"落花溅泪":泪水掉在落花上后又向四周溅开。化用唐杜甫《春望》"感时花溅泪"诗句。

③"断桥":杭州西湖景观。断桥之名,得于唐朝。其名由来,一说孤山之路到此而断,故名;一说段家桥简称段桥,谐音为断桥。民间爱情传说《白蛇传》的故事即发生于此。

④"长堤":西湖长堤东西向有白堤,南北向有苏堤。这里泛指西湖边的堤岸。

⑤"夕阳冉冉恋南屏":夕阳缓缓西下,仿佛依恋着南屏山而不舍。"南屏":指杭州的南屏山,位于西湖南岸。主峰高百米,石壁如屏。北麓

山脚下是净慈寺,傍晚钟声清越悠扬。西湖十景之一的"南屏晚钟"即指南屏山净慈寺傍晚的钟声。故下句有"钟声摇荡云际"之描述。

⑥"以今视昔尔许事":用今日的眼光回看以往的这些事。化用晋王羲之《兰亭集序》"后之视今,亦犹今之视昔"之句。

⑦"也依稀、芳讯能几":意谓以往的事也已经模糊不清,其中美好的往事尤为稀少。

⑧"西泠秋水":秋天西泠桥下的湖水。"西泠":得名于杭州西湖的西泠桥。该桥位于栖霞岭麓到孤山之间,又名西林桥。

⑨"谁会风月平章《南园记》":谁愿意只写一些品评风月以及《南园记》这样的文章。意谓,像陆游这样的有志之士,因无用武之地才写这些被后人非议的文章。"《南园记》":南宋陆游应大臣韩侂胄之请所撰。《宋史》本传说他:"晚年再出,为韩侂胄撰《南园》《阅古泉记》,见讥清议。"

诉衷情　读《花间集》

南浦①。烟雨。愁不语。倚兰桡②。人已远,肠断驿桥边③。此别最魂消,迢迢。绿窗残梦遥④,可怜宵。

【注释】①"南浦":南面的渡口。泛指送别之地。

②"倚兰桡":倚靠着船栏。意谓坐船远航。"兰桡":兰舟,船的美称。宋姜夔《杏花天影》(绿丝低拂鸳鸯浦)有"倚兰桡,更少驻"词句。

③"驿桥边":驿站附近的桥边。

④"绿窗残梦遥":绿窗下有人梦见到了远方的亲人。形容闺妇相思之重。化用唐温庭筠《菩萨蛮》(玉楼明月长相忆)"绿窗残梦迷"词句。

王德楷

王德楷(？—1913年后)，字木斋，室名娱生轩，江苏上元(今南京)人。光绪二十三年(1897)副贡。与黄遵宪、文廷式友。

踏莎行
自题《洞庭归帆图》①

暮霭横空，碧云媚晚。片帆烟外孤光闪。阿谁含睇倚妆楼②，错教人认江南岸。　弹彻冰弦③，未成幽怨。浪游争奈相如倦④。君山一发望中青⑤，斜阳只与平波远⑥。

【注释】①"自题《洞庭归帆图》"：词人自题《洞庭归帆图》。归帆：指回返的船只。表现盼归主题。唐殷尧藩《酬雍秀才》(其一)："晚市人烟合，归帆带夕阳。"

②"阿谁含睇倚妆楼"：是谁无言倚靠阁楼凝望远处。"阿谁"：何人。"含睇倚妆楼"：犹如柳永《少年游》(日高花榭懒梳头)中的"无语倚妆楼"。

③"冰弦"：琴弦的美称。传说中有用冰蚕丝做的琴弦，故称。

④"浪游争奈相如倦"：四处漂泊的我如今已是疲倦不堪。"相如"：西

汉文人司马相如。此指作者。可参照南宋刘过《贺新郎》(老去相如倦)"老去相如倦。向文君、说似而今,怎生消遣"词句。

⑤"君山一发望中青":远望君山,只见一片青翠。此句当化用宋苏轼《澄迈驿通潮阁》诗中"青山一发是中原"和明杨基《登岳阳楼望君山》诗中"君山一点望中青"诸句。"君山":山名。在湖南洞庭湖口,又名湘山。北魏郦道元《水经注·湘水》:"湖(洞庭湖)中有君山……湘君之所游处,故曰君山矣。""一发":形容远山微茫。唐韩愈《赠别元十八协律》诗之六:"乘潮簸扶胥,近岸指一发。"

⑥"斜阳只与平波远":远处只见夕阳映照在无边无垠的江波之上。宋晏殊《踏莎行》(祖席离歌)有"画阁魂销,高楼目断,斜阳只送平波远"词句。

汪曾武

汪曾武(？—1956)，字仲虎、蛰云，号趣园，江苏太仓人。斋名云在山房。有《趣园味莼词》六卷。

菩萨蛮　故驿

荒亭寂寞无人管①，年时送别深杯劝②。杨柳尚依依，夕阳鸦乱啼。　旧题留破壁③，风景思畴昔。谁忍故流连，凄凉草上烟。

【注释】①"荒亭"：点明词序"故驿"。

②"年时"：去年。宋苏庠《菩萨蛮》词："年时忆着花前醉，而今花落人憔悴。"

③"旧题留破壁"：当年的题字还留在那面破旧的墙壁上。反用宋苏轼《和子由渑池怀旧》"坏壁无由见旧题"词意。

采桑子
戊寅七十三初度述怀①

平生哀乐从头数，欲诉衷情。怕诉衷情，诉到衷

情感慨并。　年光转烛嗟迟暮②,为了浮名。误了
浮名,旧恨新愁客里萦。

【注释】①"戊寅":指 1938 年。
②"年光转烛":岁月迁流迅速。"转烛":风中摇曳晃动的烛火。比喻
世事及岁月迁流迅速。唐杜甫《佳人》有"世情恶衰歇,万事随转烛"句。
冯延巳《浣溪沙》(转烛飘蓬一梦归)有"转烛飘蓬一梦归"句。

潘承谋

潘承谋(？—1934?),字铁仲,号省安,江苏吴县(今苏州)人。清光绪二十三年(1897)副贡。官农工商部员外郎。有《瘦叶词》一卷。

渔歌子
泛雨西湖,归路晚晴

雾笠烟蓑泛雨湖①,吟身飞入米家图②。山隐约,树模糊。六桥三竺有中无③。

【注释】①"雾笠烟蓑泛雨湖":头戴笠帽,身穿蓑衣,泛舟在雨中的西湖。"雾笠烟蓑":化用宋刘过《沁园春·咏别》"五湖春暖,雨笠烟蓑"词意。

②"吟身飞入米家图":诗人乘舟快速进入西湖山水间,仿佛进入米芾的山水画中。"米家图":元代画家米芾的山水画,独创风格,被誉为"米家山"。

③"六桥三竺有中无":六桥三竺之景,若隐若现。"六桥":指杭州西湖苏堤上的六座桥,即:映波、锁澜、望山、压堤、东浦、跨虹。"三竺":杭州灵隐飞来峰东南有天竺山,山中有上天竺、中天竺、下天竺三座寺庙,合称"三天竺",简称"三竺"。宋林景熙《西湖》有"断猿三竺晓,残柳六桥春"诗句。

王景沂

王景沂(生卒年不详),字义门,号无饱,后更名存,江苏扬州人。清光绪十五年(1889)举人。历任广东省长乐、顺德知县。入民国,任北洋政府国务院秘书。曾参与《辞源》编撰工作。有《瀅碧词》一卷。

浣溪沙

芳草何曾管别离①。飞红日日上帘衣②。天涯只在画楼西③。 几缬断云回杜曲④,一钩残月梦隋堤⑤。无言花影向人低⑥。

【注释】①"芳草何曾管别离":青青芳草哪里会关心人间的生离死别。仅用唐刘禹锡《杨柳枝词》"长安陌上无穷树,唯有垂杨管别离"诸句。

②"飞红日日上帘衣":每日的落花随风飘到帘幕上。"飞红":落花。宋秦观《千秋岁》:"春去也,飞红万点愁似海。""帘衣":帘幕。唐陆龟蒙《寄远》:"画扇红弦相掩映,独看斜月下帘衣。"

③"天涯只在画楼西":意谓思念之人在自家西边遥远的地方。化用唐李商隐《无题》"昨夜星辰昨夜风,画楼西畔桂堂东"诸句。

④"几缬断云回杜曲":几朵如绸缎一样美丽的云彩又飘回了杜曲。"杜曲":地名,位于陕西西安东南。唐代大姓杜氏世居于此。

⑤"一钩残月梦隋堤":在朦胧的月光下,又梦见隋堤分别时的情景。

⑥"无言花影向人低":月光下花叶的影子,悄无声息地随风低回。

王嘉诜

王嘉诜(生卒年不详),初名如曾,字少沂,一字劭宜,晚号蛰庵,江苏铜山人。贡生。有《蛰庵词》一卷、《劫余词》一卷。

鹊踏枝

一尺秋波情几许[①]。杨柳依人,水上舟容与[②]。借问君家何处住?轻烟细草雷塘路[③]。 拍拍鸬鹚飞不去。向夕停桡[④],只在花深处。搴得芙蓉能解语[⑤]。秋风吹满相思浦。

【注释】①"一尺秋波情几许":秋风中的水波涟漪起伏,仿佛蕴含无限深情。化用宋惠洪《青玉案》(绿槐烟柳长亭路)"一寸柔肠情几许"句式。

②"水上舟容与":小船在水面上悠闲地飘荡。

③"雷塘路":在今江苏扬州。宋苏轼《虢国夫人夜游图》有"人间俯仰成今古,吴公台下雷塘路"诗句。这里为泛指。

④"拍拍鸬鹚飞不去。向夕停桡":鸬鹚拍打着翅膀,没有飞走。傍晚时停在小船上。化用宋陆游《晚泊松滋渡口》"小滩拍拍鸬鹚飞",以及明金幼孜《龙潭十景为太医院判蒋用文赋》(其四)"舟人向夕停桡久"诸句。

⑤"搴得芙蓉能解语":采来的芙蓉花,能听懂我们内心的倾诉。化用先秦屈原《九歌》"搴芙蓉兮木末"诗句。

系裙腰

红笺烧了锦囊封①。言不尽、意曾通。分明携手宋墙东②。谁料得,是梦里、觉来空。 谯楼听断五更钟③。残烛影、照朦胧。若教梦里果能逢。但愿你,也与我、梦相同。

【注释】①"红笺烧了锦囊封":烧毁红色的信笺,封上织锦的袋子。意谓中断与对方的联系。化用唐韩偓《厌花落》"锦囊封了又重开,夜深窗下烧红纸"。

②"宋墙东":"宋玉东墙"的省称。喻指貌美多情女子。战国楚宋玉《登徒子好色赋》,宋玉东邻有一女,容貌姣好为楚国之冠,登墙窥视宋玉三年,宋玉不与之交往。

③"谯楼":古代城门上建造的用以瞭望的楼。这里泛指城楼。

甘大昕

甘大昕(生卒年不详),曾任绍兴简易师范学校(1944—1949)国文教员。有《击缶词》一卷。

鹧鸪天　重九旅怀

　　酒到愁多不易消。秋风秋雨况今宵。可怜辛苦还乡梦,被阻钱塘江上潮①。　　情不尽,醒无聊。五更残月透帘腰②。起寻一夜秋何处③,半在梧桐半在蕉④。

【注释】①"钱塘江":古称浙,全名"浙江"。其中,浙江的富阳段称为富春江,浙江的下游杭州段称为钱塘江。

②"五更残月透帘腰":凌晨的月光亮透过帘幕照射进来。化用元郝经《同阚彦举南湖晚步》"绮月转帘腰"诗句。

③"起寻一夜秋何处":夜间起来,寻找秋天的踪影。化用宋辛弃疾《清平乐》(春宵睡重)"枕畔起寻双玉凤"词句。

④"半在梧桐半在蕉":意谓秋天到来,梧桐树、芭蕉叶开始悄悄变化。化用元徐再思《双调·水仙子·夜雨》"一声梧叶一声秋,一点芭蕉一点愁,三更归梦三更后"诸句。

鹧鸪天

独立苍茫袖手看①。更无才气赋江南②。文章萧瑟悲庾信③,丝竹凄凉忆谢安④。　惊鼓角,倚阑干。只余热泪酹河山⑤。凭谁吹笛斜阳外,一曲春风破峭寒⑥。

【注释】①"独立苍茫袖手看":独自站在空阔无边的大地上袖手旁观。化用唐杜甫《乐游园歌》"独立苍茫自咏诗"诗句。宋辛弃疾《一剪梅》(游蒋山呈叶丞相)也有"独立苍茫醉不归"句。"苍茫":空阔无边的样子。

②"更无才气赋江南":更没有庾信创作《哀江南赋》的才气。

③"文章萧瑟悲庾信":庾信文章的萧瑟之气令人悲叹。化用唐杜甫《咏怀古迹五首·其一》"庾信平生最萧瑟"诗句。

④"丝竹凄凉忆谢安":凄凉的丝竹声令人想起当年的谢安。东晋谢安曾隐居东山,带上乐器,游山玩水。所到之处,皆有丝竹之声。人称"东山丝竹"。

⑤"只余热泪酹河山":只剩下热泪祭奠大河高山。

⑥"凭谁吹笛斜阳外,一曲春风破峭寒":有谁能在夕阳西下的时候用笛子吹奏一首春意盎然的曲子,驱走这料峭的寒意。

白 采

白采(生卒年不详),江西高安人。早年毕业于上海美术专门学校,任教于上海立达学园、厦门集美学校。1924年写成著名长诗《赢疾者的爱》,歌颂为生命的尊严而献身的人,单纯、质朴而又充满力量,被朱自清誉为"这一路诗的押阵大将"。有《绝俗楼词》一卷。

一剪梅　昔游

邂逅何缘上玉堂①。窗里炉香,帘里衣香。乱离无奈别仓皇。水也汪汪,泪也汪汪。　旧事思量总断肠。织罢流黄②,贴罢花黄③。如今消息隔江乡。烟也茫茫,梦也茫茫。

【注释】①"邂逅何缘上玉堂":是什么样的缘分,让偶然相遇的两个人一起走进美好的殿堂。

②"织罢流黄":织好了丝绸。"流黄":黄紫色相间的丝织品。《乐府诗集·相和歌辞九·相逢行》:"大妇织绮罗,中妇织流黄。"

③"贴罢花黄":贴好了面饰品。"花黄":古代妇女的一种面饰。用黄粉画或用金黄色纸剪成星月花鸟等形贴在额上,或在额上涂点黄色。《乐府诗集·横吹曲辞五·木兰诗》:"当窗理云鬓,对镜帖花黄。"

吕辰光

吕辰光(生卒年不详)，有《留我相庵词》一卷。周作人《书房一角》有《题留我相庵诗草》一文。曰"买诗集往往不以其诗而以其人，犹搜集手迹之意耳"。买《诗草》，只是"因卷首有钱振锽序盛称之"。

清平乐　浔阳客夜[①]

琵琶亭左[②]，着个销魂我[③]。心上煎熬眉上锁[④]，百计难教帖妥。　昨宵绿酒红灯，今宵断梦残魂。禁得十年憔悴，难销一个黄昏[⑤]。

【注释】①"浔阳"：今江西省九江市的古称。因古时流经此处的长江一段被称为浔阳江，而县治在长江之北，即浔水之阳而得名。

②"琵琶亭左"：在琵琶亭的东面。指作者夜宿的地点。"琵琶亭"：公元815年，白居易被贬到江州(今江西九江)，在浔阳江边写下了《琵琶行》诗。诗中有"住近湓江地低湿"。后人就在"湓浦口"建造了一座"琵琶亭"。宋祖无择有《琵琶亭》诗，曰："晚泊湓江半客舟，琵琶亭下动闲愁。霓裳绿腰杳何许，枫叶荻花空自秋。贾傅有才悲鵩鸟，楚骚终古怨灵修。莫言司马青衫湿，今日行人亦涕流。"现在的琵琶亭，已不在原来的旧址上。

③"着个销魂我":指作者夜宿浔阳江的琵琶亭旁,内心感慨万分。

④"心上煎熬眉上锁":内心焦虑,双眉紧皱。化用宋李清照《一剪梅》(红藕香残玉簟秋)"才下眉头,却上心头"词句。

⑤"禁得十年憔悴,难销一个黄昏":承受得住多年的颠沛流离,却不知如何度过这一个夜晚。

李之鼎

李之鼎(？—1928)，字振堂，一作振唐，江西南城人。家富藏书，宋元刊本和明清刻本居半。其藏书处有"宜秋馆""舒啸轩"。著有《宜秋馆词》《宜秋馆诗话》。

清平乐　言志

归来生计，愿作渔翁矣①。雨细风斜人不见②，钓起盱江尺鲤③。　谢君宦海风波④，着侬旧日烟蓑⑤。向晚白蘋风急⑥，扣舷且唱渔歌⑦。

【注释】①"归来生计，愿作渔翁矣"：归隐乡里，自谋生计，真想做一位渔父啊。宋韩维《答唐州郑郎》有"归来粗足生生计，幸免乡邻厌乞诸"诗句。

②"雨细风斜人不见"：人在斜风细雨中若隐若现。化用唐张志和《渔父》"斜风细雨不须归"词句。

③"盱江尺鲤"：盱江中的大鲤鱼。"盱江"：江西第二大河流抚河的上游，古称"汝水"。"尺鲤"：长一尺的鲤鱼。泛指大鲤鱼。宋苏轼《江西》诗："何人得隽窥鱼矼，举叉绝叫尺鲤双。"

④"谢君宦海风波"：辞谢你那一波三折的仕途生涯。"谢"：辞谢。"宦海风波"：喻指旧时官场沉浮，像海洋中的浪涛和大风，变化莫测。亦

指官场中出现的风险和波折。

⑤"着侬旧日烟蓑":穿上我往日的蓑衣。"侬":我,自称。

⑥"向晚白蘋风急":傍晚江上的白蘋因疾风而浮动不止。

⑦"扣舷且唱渔歌":边拍打船舷,边唱着渔歌。化用唐韩偓《汉江行次》"渔歌得意扣舷归"诗句。

青玉案　春归

　　春愁尽在离人眼。只惆怅、年华晚。碧草连天悲道远①。夕阳明灭,暮鸦三两,鬓已萧疏短。　　侬今拟筑无愁馆②。欲遣闲愁愁不遣③。飞絮家家庭宇满④。惜春归去,为春消瘦,春又何曾管⑤。

【注释】①"碧草连天悲道远":路边的青草一直连到天边,这样遥远的道路,让人心生悲伤。化用明樊阜《早行》"极目关河悲远道"诗意。

②"侬今拟筑无愁馆":今天我想建造一个让人忘掉忧愁的馆舍。

③"欲遣闲愁愁不遣":想要排遣内心的闲愁,却排遣不了。

④"飞絮家家庭宇满":飞舞的柳絮落满了每户人家的庭院。喻指春愁无穷无尽。化用唐李山甫《柳十首》"也曾飞絮谢家庭"诗句。

⑤"春又何曾管":春天何曾理会过人们的不舍。化用宋张伦《点绛唇》(一瞬光阴)"春又何曾老"词句。

王 耒

王耒(生卒年不详),字耕木,浙江杭县(今杭州)人。曾任奉天洮昌道道尹、民国国务院秘书长、内务部次长等职。有《负斋词钞》一卷。

一剪梅　送春

岁岁迎春旋送春①。迎也嫌频,送也嫌频。花前把酒问东君②,来是何因,归是何因。　除却鹃啼百不闻③。留枉殷勤,饯枉殷勤④。韶光去住那由人⑤,说着酸辛,忆着酸辛。

【注释】①"岁岁迎春旋送春":每年刚迎来春天,随即又把春天送走。"旋":随即,立刻。

②"花前把酒问东君":面对百花,手举酒杯,问一声这位司春之神。"东君":中国民间信仰的司春之神。宋辛弃疾《满江红·暮春》:"可恨东君,把春去,春来无迹。"

③"除却鹃啼百不闻":除了杜鹃的啼叫,其他的什么都听不到。表示能听到的多是令人产生思念之苦或悲怨之情的声音。

④"留枉殷勤,饯枉殷勤":热情挽留是徒劳,真情饯别也徒劳。"枉":徒劳,白白地。

⑤"韶光去住那由人"：美好春光的去留哪里会因为你我的心愿就改变呢。

李遂贤

李遂贤(生卒年不详),字仲都,号寄堪,江苏吴县(今苏州)人。与晚清民初剧作家洪炳文(1848—1918)为莫逆之交。洪炳文多种传奇作品都由李遂贤正谱。著有《懊侬词》一卷。

烛影摇红

中秋大风,不见月。有怀旧京诸友。
用甲子哈宾度中秋原韵[①]

四载重来[②],而今应笑何郎老[③]。西风江上度中秋,莽莽尘氛扰[④]。莫向天涯吟眺[⑤]。只怕惹、离愁牵绕。朝朝暮暮,才退重生,心潮多少。　记得年时,六街璀璨清辉照[⑥]。旧游伴侣叹飘零,回首长安道。往复余情渺渺。数芳期、美人香草[⑦]。寻思就里[⑧],一夜无眠,朦胧破晓。

【注释】①"旧京":昔日的京城。据词中"记得年时,六街璀璨清辉照""回首长安道"诸句,当指长安(今西安)。"用甲子哈宾度中秋原韵":用1924年中秋在哈尔滨作中秋词词韵。

②"四载重来":四年后重来此地。据词序可知,此词当作于1928年

中秋。

③"而今应笑何郎老":如今有人会取笑我日趋衰老。"何郎":三国魏何晏。这里作者自指。

④"莽莽尘氛扰":天地之间,纷纷扰扰,全是尘埃。与词序"中秋大风,不见月"呼应。

⑤"吟眺":吟唱并远眺。

⑥"六街璀璨清辉照":都市的街道在月光下更加绚丽多姿。"六街":唐京都长安的中心大街有六条。北宋汴京也有六街。这里泛指词序中"旧京"的大街和闹市。

⑦"数芳期、美人香草":心中默数佳期到来,期盼美人香草相伴。化用宋黎廷瑞《秦楼月》(花孤冷)"能争几日芳期近"词句。

⑧"寻思就里":思考其中的内情。化用元王实甫《西厢记·长亭送别》"寻思起就里,险化做望夫石"。

蝶恋花
陕灾劝赈,法大同学各有诗文之作①

陕灾奇通人相食②。一命三元③,援手燃眉急。四载渭南千里赤,斑斑染遍饥民血④。 苦矣同胞残喘亟。兵匪余生,弱小哀呼切。文字有灵情共挚,同心借助他山力⑤。

【注释】①"陕灾劝赈,法大同学各有诗文之作":为救助陕西灾区百姓,中法大学同学创作诗文,倡议募捐。"陕灾劝赈":据史料记载,民国十八年(1929)年馑,北方八省大饥荒,其中以陕西关中旱灾最为严重。为此,当时的南京国民政府成立"全国赈灾委员会",并于1929年9月派出"西北灾情视察团"赴陕西关中各县视察灾情,进行赈灾。"法大":中法大学简称。

②"陕灾奇通人相食"：陕西旱灾,出现人吃人现象。对此的记录有:
(一)《大公报》1929年4月9日:"郿(眉)县之井沟村,有郭氏夫妇二人,
因绝食日久,无法生活。适正月望后,有逃难出山者三人行抵该村,饥疲
已甚。一人进郭家乞食,余者在外等候。愈时不返,二人进入室内窥看,
此人竟被郭氏夫妇缚于柱上,手巾塞口,以刀斫伤头部,血流如注。两臂
之肉,已割煮中。二人视之弦走,即狂奔槐芽镇向驻军报告。驻军随即派
队将郭氏夫妇拿回审问,该犯直言不讳云:'食粮早绝,无以为生,已食死
尸三具,活人两身,恳速枪决,免再受这饥饿之罪。'又该县王村有杨姓者,
亦因饥饿难忍,竟将一饿至奄奄待毙之人杀而食之。陕西亦有烹食儿童
之事。故各县儿童不敢出户,防被人劫去烹食。"(二)《申报》1929年4月
28日:"食人惨剧,愈演愈烈,犬鼠野性,更为上肴。一部分灾民,自1928
年秋季以来,恒以人肉充饥。初仅割食无名死尸,后虽家人父子之肉,亦
能下咽。近则隐僻地方,往往捕食生人。"(三)《大公报》1929年5月5
日:"陇县南七新庄柳姓一家,死亡殆尽,最后其父将其十二岁的女儿吃
了。花石岩地方亦有被吃死尸一具。以前报告饿毙者,尚多游手;近日死
亡枕藉者,纯系良民。现在各县饿死者,每日二千人以上,且日复日有增
加。"(四)《大公报》1929年5月6日:"陕灾情愈重,饿殍载道,伏尸累累,
春雨失时,生机断绝。近日陕西省饿毙之饥民,仅西安一隅日毙数十人。
市面死尸累累,触目皆是。赈灾会每日接到灾民饿死照片,盈千累万。陇
县铁佛寺去年有烟户六十余家,现在绝户只十余家。房已拆完,死亡四十
余口;活埋妻者十余人;逃亡在外者二十余口。顺八渡以南,本有四十八
户,现在仅剩八户。民食仅有苜蓿一种。真是民有菜色,面皮青肿。每斗
麦价已涨至十元。"(五)美国埃德加·斯诺《西行漫记》:"在赤日炎炎下,
久旱无雨的黄土高原一片死寂,没有绿色,路上横着骷髅似的死尸,没有
肌肉,骨头脆如蛋壳。饱受饥荒、缺衣无食的少女,半裸着身子被装上运
牲口的货车运往上海的妓院。路边的尸体骨瘦如柴,稍有一点肉的立即
被吞噬掉了。这是一九二九年至一九三〇年的大饥荒的一角。"

③"一命三元":此句下有原注:"朱子樵将军劝赈语"。朱子樵在组织

募捐赈灾时,提出"募三元活一命"的口号。不少企业、团体及个人纷纷响应。

④"四载渭南千里赤,斑斑染遍饥民血":陕西渭南地区连年受灾,赤地千里,饿殍遍野。此两句及下阕数句,可参见前面注释。

⑤"文字有灵情共挚,同心借助他山力":文学作品拥有沟通心灵与情感的力量,借此呼吁各方,力筹赈济。此两句乃呼应词序"陕灾劝赈,法大同学各有诗文之作"之句。

李维藩

李维藩(生卒年不详),字秉心,上海青浦人。有《潭心诗余》一卷,壬午(1942)刊印。

一剪梅

客邸沉吟感寂寥①,风又萧萧,雨又萧萧。排愁唤取酒来浇。酒已全消,愁未全消。　灯火荧荧把梦摇。睡也无聊,坐也无聊。债台高筑苦难逃。过了今朝,又是明朝。

【注释】①"客邸":客居外地的邸舍,客舍。

江南春

风剪剪,雨潺潺。深闺人懒起,花事尚阑珊。盼春为爱春光暖,待得春来却又寒。

采桑子

　　山妻暖酒殷勤劝①,说道今朝。且把愁消。富贵荣华莫幸要②。　　吾闻斯语频搔首③,如许儿曹。心事难抛④。待柳成阴日尚遥⑤。

【注释】①"山妻":原指隐士之妻。后多用为自称其妻的谦辞。这里即是作者自称其妻。

②"富贵荣华莫幸要":对荣华富贵的生活,不要抱有侥幸。

③"搔首":以手搔头,表示焦虑。

④"如许儿曹。心事难抛":家有这样一群儿女,烦心事多得难以放下。

⑤"待柳成阴日尚遥":期待柳树长大成柳荫一片的日子还很遥远。指上句"如许儿曹"长大成才。

李 藻

李藻,字蓣秋,江苏江宁人,汪子湘室。生平不详。有《栖香阁剩稿》一卷。

减字木兰花

昨宵风雨,搅乱垂杨千万缕。闲倚阑干,满地残红不忍看。　春归何处,转眼韶光来又去。懒下帘钩,一任飞花入画楼。